2014년
여름의 끝에서
2015년
여름의 시작에

노르웨이의
두 도시에서
주고받은
73통의 편지

FRA OSLO	2014.08.09 ~ 2015.05.30
오슬로에서	윤나리

FRA BERGEN	2014.08.12 ~ 2015.05.23
베르겐에서	조성형

Kun gyldig billett
Stemplet eller validert

Carriage without
conductor
Stamped or validated
tickets only

오빠.
오빠를 데려다주고 다시 내 방의 문을 열고 들어오는데
갑자기 눈물이 핑——— 돌더라.
어쩌다 이렇게 큰일을 저질러 놓고
이제서야 실감이 나는 걸까?
이제 와서 이런 얘기를 하면 이상하게 들리겠지만
왜 이렇게 멀리까지 와서, 사서 고생을 해야 하지?

그래도, 오빠.
우선, 우리에게 주어진 2년을 잘 살아 내고
그 이후의 일들은 나중에 생각하자.
생각해 보면 인생에서 정말 짧은 순간이 될 텐데
이왕이면 신나고 즐겁게 살아야지 않겠어?
어찌 되었건 우리의 선택이니까.
난 그래도 우리가 잘 해낼 거라 믿어.

우선은 오빠가 무사히 로이 아저씨네 도착하는 것부터가
시작이겠지? 베르겐 공항에 도착해서 집에 갈 때까지
비가 안 왔으면 좋겠다.
나도 오빠가 도착할 때까지 집 정리나 하면서 기다릴게.
아침부터 무거운 짐 들고 다니느라 고생이다.
얼른 도착해서 무사 귀환 소식과 함께
로이 아저씨의 정체를 알려 줘!

-이른 아침, 분주한 오슬로에서-

나리야.
집 떠나고 거의 24시간 만에 오슬로 공항에 도착해서
간신히 도착한 호텔에서 밤을 보내고.
다음 날 아침. 앞으로 너의 집이 될 학생 아파트까지.

그렇게 너를 바래다주고 다시 공항으로 이동해서
짧은 비행 뒤에 베르겐에 도착했어.
미리 계약한 집 찾기도 성공했고.
으아———, 정말이지 너무 힘들었다.
정신없이 지나가 버린 지난 며칠이었네.

하루에도 몇 번씩 혼란이 와.
미래의 행복을 위해 현재를 희생하지 말자는 게
나의 지론이었는데. 이건 뭔가...
생각보다 큰일을 저질러 버린 거지.
당장이라도 모든 것을 취소하고 돌아갈 수는... 없겠지?

우리는 왜 이렇게까지 해야만 했을까?
한국이 그렇게 싫었나?
여기까지 도망쳐야 할 정도로.
분명히 확신이 있었던 것 같은데 막상 짐을 꾸려 도착해 보니
기대가 절망으로 바뀔까 겁이 나.

뭐, 이제 돌이킬 수는 없겠지.

헤어지기 전에 얘기한 대로
우리가 선택한 과정을 즐기자.
지금은 그 방법밖에는 없는 것 같아.
뭐 어떻게 해. 저질러 버린걸.

젠장, 사서 고생 시작이네.

베르겐에 도착한 지난 며칠은 정———말
절망의 연속이었어.
날씨도 그렇고 무엇 하나 좋아 보이는 게 없더라.
몸이 지쳐 있어서 더 그랬나 봐.
예전에 관광객으로 왔었을 때는 모든 게 좋아 보였는데.

우울했던 며칠이 지나고 이제서야 겨우 정신을 차렸어.

짐작은 했지만 여긴 꽤나 유명한 관광지인가 봐.
항구 쪽 번화가로 나가면 생각보다 사람이 너무 많아.
차분하고 조용한 노르웨이는 어디...?
크루즈에서, 관광버스에서 사람들이 마구마구
쏟아져 나와.
그런 사람들의 얼굴에는 주로 미소가 가득한데
구석탱이에 앉아서 멍하니 그들을 바라보고 있노라면
상대적으로 내 현실이 더 불안하게 느껴져.

아, 놀러 올 때가 좋았지.

계약한 집을 찾는 건 그렇게 어렵지 않았어.
충격적인 건 이메일로 방을 빌려주기로 한 로이가
예상과 달리 나이 지긋한 아저씨가 아니었다는 거야.
반지층 문을 열어 주는데 스물세 살밖에 안 된 훤칠한 애가
나오더라고. 뭔가 괴짜 티가 팍팍 풍기는.
여하튼, 완벽하게 헛다리 짚은 거지.

웃긴 건 얘도 내가 이메일로 계약하면서 학생이라고
소개하니까 교환학생으로 올 어린애인 줄 알았대.
그래서 이메일에서 날 '영 맨'이라 부른 거지.
하지만 만나 보니 열 살이나 많은 한국 형.
시작부터 서로 반전이 있었네.
솔직히 첫인상은 그닥이지만
나쁜 놈은 전———혀 아닌 듯.

여기까지 와서 사람을 대할 때 일찍부터 마음을
닫아 버리지는 말아야겠어. 이제 며칠 밤 자고 떠날
관광객이 아니니까. 이곳에 마음을 붙이고, 도움도 받고
무엇보다 누군가로부터 따뜻함을 느끼려면 말이야.

여긴 로이와 나 말고도 둘이 더 있어.

#에밀리야

로이의 여친이야. 리투아니아에서 왔고 노르웨이로 온 지
8년 정도 되었다네. 최근에는 로이와 둘이
인도를 여행했다는데... 인도? 그 인도라니!
공통분모가 있어서 한참 여행 얘기를 했어.
친절하고 밝은 사람 같아.
내가 갈 학교에 아는 친구도 있다더군.

#이자벨라

나처럼 방 한 칸 얻어 사는 게스트야.
우린 그냥 '이자'라고 불러. 폴란드에서 왔고 바르샤바에
있는 대학에서 공간디자인을 전공하고 있대.
여긴 잠깐 방학을 맞이해 아르바이트하러 왔고.
현재 시내 한 식당의 웨이트리스래.
여기서 알바하면 폴란드보다 네 배 정도는 벌 수 있다네.
여름에 피쉬 마켓에서 일하는 사람들은
다———아 이탈리아 사람들이라고...
셍겐조약이 있으니 유럽 안에서는 노동이나 거주에 대한
복잡한 자격 조건도 없나 봐.
경찰서 가서 등록만 하면 끝이래.
여기서 돈 많이 벌면서 살고 싶기도 한데 날씨가
끔찍하다네. 일단 9월에 학업을 마치러 폴란드로
돌아간다는군.

나는 여전히 조금은 우울한 터널을 지나고 있지만
객관적으로 이곳, 베르겐은 참 아름다운 도시인 것 같아.
아, 유럽 최고 수준의 강수량이 늘 비를
들이붓기는 하지만. ☂
대신에 맑은 날은 정말... 비현실적으로 예쁜 도시야.
내가 늘 꿈꾸던 작고 예쁜 도시.

내일은 학생지원센터에 가서 상담을 받아 봐야겠어.
여기서 이 친구들과 사는 것도 장점이 있겠지만
방 한 칸에 한 달 70만 원이란 돈은...
최대한 빠르게 학생 아파트를 구해야 해.
그게 최우선 과제야.
내일부터는 가끔 사진도 찍어서 여기 모습을 보여 줄게.

네가 있어서 참 다행이야.
혼자 하면 겁나는 돌아이 짓도 같이 하면
죄책감이 덜한 것처럼.

비유가 좀 이상한데 여하튼, 그래.
너무너무 고마워.

-적응이 필요한 베르겐의 오후에-

오빠.

며칠을 지내 보니 여기 날씨는 참 특이한 것 같아.

비가 왔다, 갑자기 해가 쨍———했다, 다시 흐려졌다, 또

비가 쏟아지다 그래. ☂ ☁

오빠가 지내는 베르겐 날씨는 좀 어때?

점심쯤, 비가 막 쏟아지더니 갑자기 또 잠잠해져서

오빠와 가려고 했다가 거른 비겔란 조각 공원에

다녀왔어. 오슬로 최고의 관광지라는 소식을 듣고

어쩐지 거부감이 들었었는데 집 앞 큰길의 버스 정류장에서

한 번에 가는 버스가 있더라고. 우리 집에선 다섯 정거장밖에

안 되는 꽤 가까운 곳이야.

결론부터 얘기하자면, 의외로 굉장히 좋았어.

비겔란 아저씨의 작업들과 공원 자체가.

다음에 오빠가 오슬로에 오면 같이 가 보고 싶다는 생각이

들 정도였어. 북적대는 사람들 사이로 손잡고 걷는 노부부,

아이들과 뒹굴고 있는 젊은 부부, 강아지를 산책시키는

사람들의 웃음소리. 뭐 그런 것들까지 더해져서 오늘은

마음이 조금 따뜻해진 것 같아. 엊그제부터 계속 우울했는데

콧구멍에 시원한 바람이 들어가니 그나마 기분이 좀

나아지네.

참, 오빠! 난 내일부터 학교에 가야 해.
내가 첫 등교일을 잘못 알고 있었어.
너무 갑작스럽긴 하지만 그래도 잘된 것 같아.
바쁘게 지내다 보면 어느새 이곳에 적응해
잘 살고 있지 않을까?

이곳에 오기 전엔 뭐든 열심히 해서 돌아가지 않는 것이
목표였는데, 막상 와 보니 최대한 신나게, 또 재밌게 지내다
한국으로 돌아가도 상관없겠다는 생각이 들어.
변덕도 심하네, 진짜.
아마 낯선 환경에서 오는 두려움이 크겠지?

그러고 보니 여기 날씨 같다.
변덕스러운 지금 내 마음이.

문을 열고 방을 나설 때, 어떤 두려움도 없다면
그때쯤 이곳에서 행복이란 걸 느낄 수 있을까?

얼른 그때가 왔으면 좋겠다.

-갑자기 맑아진 오후의 오슬로에서-

나리야, 잘 지내지?
난 같이 살게 된 하우스 메이트들과 잘 지내고 있어.
저녁도 늘 함께 먹고, 맥주도 한두 잔씩 하고.
학생지원센터에서는 학생 아파트가 배정되는 대로 연락
주겠다네. 한국에서 이메일로 소통할 때는 답답하기만 하던
일들이 막상 이곳에 오니 하나씩 풀려 가.

여기에 비자만 잘 나왔으면 완벽했겠지만 오늘
이민국으로부터 학생 비자 신청을 거절한다는 엄청난
내용의 메일을 받았어. 두둥———!
거절한 이유가 정말 어이없어서 화도 안 난다. 내 통장 잔고
증명서의 발급기관이 한국에 있는 은행이어서 안 된다나?
노르웨이 은행에서 잔고 증명서를 받으라네.
야! 비자가 있어야 외국인 등록번호를 받을 수 있고
등록번호가 있어야 노르웨이 은행 계좌를 만들 수 있는데,
그게 무슨 말이야?! 그리고, 그렇다 쳐도 100퍼센트 똑같은
서류를 제출한 너는 왜 승인해 준 거지?!
어이가 없고 너무 당황스러워서 학교로 달려갔어.
이런 식으로 개강도 하기 전에 학교에 찾아가고 싶진
않았는데...

"헤이———, 암 인 어 시리어스 프라블럼."

입학 관련해서 메일로만 만나던 분들과 처음으로 마주
앉았어.

종종 그런 일이 있으니 당황하지 말라더라. 하지만 난 너무
놀라서 나, 곧 돌아가야 하는 거냐고 어버버버버 했지.

"아니야, 아니야. 그렇지 않아. 우선, 항고를 해 보자."
"오해가 있었을 거야. 다 괜찮을 거야."

우리가 이곳 생활에 대해 일종의 환상을 가지고 있었다면
사실은 요 며칠 새 그 환상이 박살 나 버린 것 같아.
남의 나라에서 살기 쉽지 않네... 내가 진짜 철이 없긴
없구나 싶어. 그깟 철 안 들면 그만이지만.

"보통 안전한 선택은 아무런 결과를 남기지 못한다."

이런 말이 어쩐지 낭만적으로 들려서 잘 다니던 회사도
때려치웠는데... 나 진짜 어쩌려고 이럴까. 쥐뿔도
없으면서...
결국 비자는 항고해서 재심사 요청을 하면 된다네.
항고 전에 내 한국 계좌에 있는 돈을 학생지원센터의
임시계좌로 보내 놓으래. 그리고 학생지원센터 이름의 잔고
증명서를 제출하고. 그럼 아마 승인해 줄 거라는군.
승인은 언제? 그건 모르지. 물론, 그때까지 난 노르웨이 은행
계좌를 만들 수 없고. 한국 카드로는 인출 수수료도 비싼데,
남은 현금으로 최대한 버텨 봐야겠어.

이제 두 달 후면 불법체류 시작이야. 하하.

아, 그리고 나의 하우스 메이트, 이자는 이곳의 유일한
폴란드인이 아니었어. 그녀의 폴리쉬 후렌드들이 시내
곳곳의 상점에 자리하고 있더라. 같이 걸어 다니다 보면
해안가 레스토랑이며 상점이며 여기저기서 인사를 해.
여기가 폴란드인 줄... 어제는 밤늦게 거실에서 누군가와
통화를 하는데 힘든 일이 있었는지 통곡을 하더라고. 나가서
뭐라도 위로를 해 줘야 하나 고민하다가 어쩔 줄을 몰라
그냥 자는 척하려고 조용히 문을 닫았어.

집 근처에 있는 교회에서 월요일과 목요일 정오에
유통기한이 임박한 식재료들을 무료로 나눠 준다는 고급
정보도 들었어. 근처 마트들로부터 기부받은 거라더군.
얼마 전에 가 봤는데 꽤 많은 사람들이 번호표를 받으려고
길게 줄을 섰더라.
솔직히 엄———청 놀랐어.
유럽 최고의 부국, 노르웨이에서.

일찍 온다고 앞 번호표를 주는 건 아니고 무작위로 번호가
주어지는데 정오가 되면 호명하는 번호순으로 교회
지하실로 들어가 저마다 식재료를 한 봉지씩 담아 가는
방식이야. 줄 서 있는 사람은 주로 노숙자들이거나 마약
중독자들, 또는 나처럼 타국에서 온 가난한 유학생들.
안에 있는 식재료들의 종류는 말 그대로 그때그때 달라.
어떤 금발의 소녀는 냉장 피자를 한 판 들고 나오더니 길에
앉아서 바로 먹어 버리더라.

거기서 에밀리야의 소개로 중고 물품 가게에서 일하는
안젤리나라는 스웨덴 친구도 만났는데 조만간 그리로 중고
우의를 사러 가기로 했어. 후렌드 프라이스로 주겠대.
젠장, 정말 비가 더럽게 많이 와. 🌂🌂

베르겐은 생각보다 굉장히 치열한 곳이었어.
내가 주로 비슷한 처지의 이방인들과 지내고 있어서 다른
면을 보고 있는 것 같기도 하고... 속상해서 에밀리야한테
학생 비자 문제를 조금 털어놓았더니 야———, 그게 말이
되냐고 하더라. 웃프지만 자긴 유러피언이라 다행이라면서.
아, 진짜 너무 야박하게 구네. 하지만 아마 우리나라에서
사는 외국인들도 비슷한 과정을 겪고 있겠지?
이제 내가 그 입장에 처한 것일 뿐.

그래도 여기 산드비켄은 참 예쁜 곳이야.
그래서 월세가 비싼가 봐.
내 방은 창문 열면 쓰레기통이 보이는 반지층이지만.
뭐, 밖에 나가면 좋다는 얘기야.
이상하지...?
여행할 때는 다 좋아 보였는데...
뭐든 적당히 알아야 칭찬도 퍼부을 수 있나 봐.
본격 인생 게임의 현장은 잠깐 스쳐 가는 관광 놀이랑
다른 거니까.

-우중충한 초저녁의 베르겐에서-

오빠.
드디어 학교에 내 자리가 생겼어!
혼자 쓰는 창가 자리를 뽑았지!
일종의 제비뽑기였는데 운이 좋았어. 야호———!
오늘은 날씨도 웬일인지 화창하고 좋은 자리도 얻었고
또 맛있는 점심도 공짜로 얻어먹어서인지 기분이 좋아.

같은 전공의 동료들도 만났는데, 나와 북쪽의 도시
트롬소에서 왔다는 친구를 제외하곤 모두 학부에서 같이
석사 과정으로 올라온 경우라 자기들끼리는 굉장히 친한 것
같아. 간략히 소개하자면,

#호콘
38세! 아저씨!
뭔가 특이한 괴짜 과대표 느낌이야.

#빅토리아
아줌마와 할머니 중간쯤? 꽤 나이가 많아 보여.
시니컬한 불평꾼인 것 같으면서도 뭔가 흥미로운
아줌마기도 해. 오슬로 외곽의 작은 집에서 혼자 살고 있고,
나한테 하루에 하나씩 노르웨이어를 가르쳐 주겠다네.

#오로라
오로라는 스웨덴에서 온 엄청 예쁘게 생긴 애야.

올해로 25세래. 뭔가 아기네스 딘 같은 느낌의 패셔니스타
같은데, 이야기해 보면 꼬마 숙녀 같은 느낌이랄까?
그래픽디자인 전공의 남자친구와 학생 아파트에 함께 살고
있다. 여기선 듣던 대로 많은 학생들이 남자친구, 여자친구와
함께 살아. 그게 자연스러운 분위기야.

#리바
이름이 영어식으로 읽으면 라이브인데 노르웨이식으로
리바라고 읽나 봐. 노르웨이 북부 트롬소에서 왔고 학부에선
패션디자인을 전공하고 4년 정도 일하다가 다시 학교로
돌아온 거래. 오슬로에선 3년째 살고 있다네.

우선, 학교에서 만난 사람들 모두 친절해.
아마도 학기 초반이라 날 더 신경 써 주는 건가?
우리도 외국에서 온 학생이 있으면 초반엔 친절하게 설명해
주고 나중엔 방임하잖아. 흐흐흐.

우리 전공의 동료들이 모여 있는 공간에는 작은 주방도 딸려
있는데, 거기 냉장고에 전자레인지도 있고 큰 소파까지
있어서 마치 작은 스튜디오 같아. 노르웨이에선 보통 점심
도시락을 싸 다니는데, 그래서 이 작은 주방이 굉장히 요긴할
것 같아. 간단히 차도 끓여 마시고 뭘 데워 먹을 수도 있고.

예상대로 노르웨이의 학교 시설은 한마디로 끝내주네!

고풍스러운 건물에 시설이나 장비는 최신식이라
엄———청 좋아.
이런 곳에선 마음만 먹으면 못 할 게 없을 것 같아.
듣자 하니 한국에서 온 학생은 내가 처음이라는데.
흠...
왠지 부담스럽지만 좋은 이미지를 남기고 싶어.

교수들이 준비한 웰컴 런치를 먹고 학생들끼리 2차로 맥주를
마시러 갔는데 (여담이지만 제일 싼 맥주 한 병이 거의 1만
원 가까이 하더라. 술값 후덜덜...) 내 옆자리에는 폴란드에서
온 학부 신입생이 앉았어. 알고 보니 나보다 나이가 많은
언니였는데, 폴란드에서 사진 전공으로 학부, 석사까지
마치고 다시 이곳 학사과정으로 들어온 거라네. 노르웨이로
와서는 꽤 유명한 사진작가의 보조로 1년가량 일했고.
아무튼 꽤나 화려한 경력의 능력자인 것 같았어.
그래서인지 빅토리아랑 오로라가 얼마나 속닥거리던지.
학과장이 학부 신입생들한테 거는 기대가 엄청나다네.
이미 학부생이라고 하기에는 엄청난 수준이라고.

여기도 학생들이 교수들 뒷담화를 즐기는 건 똑같은 것 같아.

학교 가는 길에는 어제 나에게 다가와 먼저 말을 걸어 준
소피아란 친구도 만났어. 소피아랑 버스에서 잠깐 얘길
나눴는데 역시나 K-pop을 좋아하는 아이였어.
그래서 한국에서 온 나를 알아본 거지. 아시아 문화 특히

한국에도 관심이 많고, 2NE1을 좋아한다네.

하하... K-pop에 대해서는 나보다 더 잘 알더라.

아빠가 부산에 출장을 몇 번 가셨다기에 무슨 일하시냐고

물었더니 역시나 오일 엔지니어라고 하더라.

○○중공업에 몇 번 다녀가셨다는데, 신기했어.

내 첫 직장이었으니 말이야.

소피아는 굉장히 쾌활하고 착한 친구인 것 같았어.

나와는 정반대로 말이지.

소피아가 아빠한테 우리 학교에 한국에서 온 친구가 있다고

말씀드리니,

"도대체, 거기서 여기까지 왜 ＼ ／ ?"

라고 하셨대. 하하.

나중에 또 만나자고 연락처도 교환했어.

노르웨이 사람들은 잘 모르는 사람에게 먼저 말 거는 것

자체를 어려워한다잖아? 나중에 내가 먼저 문자라도 한번

보내 보려고. 그리고 학교생활이 조금 익숙해지면 알바도

찾아봐야겠어! 올해가 무리라면 내년부터라도!

그러려면 얼른 노르웨이어부터 배워야겠네.

이번 주는 새로운 사람들, 새로운 공간, 새로운 정보가 너무

많아서 그런지 종일 머리가 지끈거려.

하지만 원래 처음이란 게 다 그런 거겠지?
그래도 앞으로 지내야 할 사람들이 나쁘지 않은 것 같아
다행이야.

참, 오빠는 오늘 어땠어?
여긴 날씨가 굉장히 좋았는데, 베르겐은 어떤가요?

-그림 같은 구름이 잔뜩 펼쳐진 오슬로에서-

나리야.
여긴 정말 하루 종일 비 안 오는 날이 없어.
일주일에 하루나 이틀 정도 맑은 거 같은데
그런 날도 밤에는 꼭 조금씩 비가 와.
그냥 비 안 오는 날은 없다고 치자.
☂ ☂ ☂

비만 안 오면 정말 아름다운 곳인데,
뭔가 아이러니한 것 같아.
전에도 말했지만 산드비켄, 요 동네도 어쩐지 참 좋아.
맘 놓고 즐길 수 있는 날씨는 얼마 안 되지만.
듣자 하니 여름을 제외하면 늘 이렇다네.
겨울에는 훨씬 심하고.
결국 우리는 날씨 좋은 시절에만 관광해 본 거지.

그리고 나 드디어 이사 날짜 잡혔어!
학생 아파트가 배정되었는데 판토프트라는 중심가에서 좀
떨어진 동네에 있어. 거대한 학생 아파트 단지야.
예습 삼아 한번 걸어가 봤는데 학교에서 약 한 시간
걸리더라. 앞으로 맘 놓고 바다 보기는 힘들 것 같아.

사진 속 바닷가는 요즘 갑자기 날씨가 좋아진다 싶으면 가장
먼저 날려가는 곳이야. 집에서 3분이면 도착 가능.
관광객들이 오기에는 조금 먼 곳이고 무엇보다 조용해.

찰랑찰랑거리는 물소리를 듣고 있으면 마음도 편해져.
현실은 다소 시궁창 같아도 말이지.

아직 8월인데도 오래 앉아 있으면 손이 시리더라.
이게 스칸디나비아의 위엄인가 봐.

비자는 이민국에 항고를 해 놓은 상태야.
지들이 오라고 할 때는 언제고 비자를 안 주다니...
하긴 날 뽑은 게 우리 학교지, 이민국은 아니니까.

최근에 느낀 건데 이민국은 항상 이 사람이 불법체류자가
될 가능성이 있다고 전제하고 일을 처리하는 것 같아.
개인 사정이 어찌 되었건 간에 우린 그들에게 관리
대상인거지. 실제로 그런 식으로 불법체류에 도전하는
사람들도 있을 테고. 사정이 이런데 난 아무리 아니라고 해
봤자 그게 무슨 소용이겠어. 절차대로 항고하고 기다리는
수밖에. 난 그들에게는 그저 잠재적 케이스 가운데
하나인 거지.

그래, 이놈들아.
외국 나와 사는 게 죄다.

-얼마 가지 않을 베르겐의 맑은 아침에-

오빠, 즐거운 주말이다. 하하.
어제 오빠 편지를 보고 마음이 조금 따뜻해졌어.
고마워.

다행히 집 앞 공사장은 일요일엔 쉬더라고.
덕분에 늦게까지 푹 잤어. 정말이지 오랜만에 숙면했네.
어제는 토요일이었는데도 공사 현장은 새벽 6시부터 일을
하더라니까? 주말이면 칼같이 쉰다는 노르웨이 아냐?
머리도 너무너무 아팠는데, 따뜻하게 푸욱 자고 나니 몸도,
기분도 조금은 나아졌어. ♨

점심때 뭐라도 챙겨 먹으려고 물을 끓이다가
옆방에 있는 플랫 메이트, 노라에게,

"나 지금 점심 먹을 건데 우쥬 라익 투 조인할래?"

문자를 보내자마자 노라가 갑자기 방에서 튀어나오더라.
얘도 심심했나 봐. 내가 준비한 폴싸 메 브로(빵과 데운
소시지)에 노라가 준비한 뜨거운 커피 조합이었는데 수다를
곁들인 꽤 괜찮은 점심이었어.
근데 나 새로운 사실을 알게 됐다? 지금 내가 살고 있는
네드레 울레볼은 사실은 그리 안전한 동네가 아닌가 봐.
노라가 절대 밤에 혼자 돌아다니지 말라고 하더라.
전에 경찰관인 지인에게 여기 산다고 하니까, 깜짝 놀라면서
밤에 절대 혼자 다니지 말라고 했다네.

나쁜 사람들이 꽤 많이 살고 있어서 밤마다 경찰에서
집중적으로 순찰하는 동네라나 뭐라나. 괜히 무섭더라.
뭐... 심각한 건 아니겠지?

이 동네에서 언덕을 하나 넘어 조금 북쪽으로 올라가면
네드레(아래쪽) 울레볼이 아닌 원조, 울레볼이라는 동네가
나오는데 거기는 으리으리한 집들이 많고 아주 평화로운
곳이래. 전에 택배 찾으러 가는 길에 산책 삼아 근처를
둘러봤는데, 노라가 무슨 이야기하는지 알 것 같았어.
윗동네 부촌 느낌.
여기는 '네드레'라는 말 그대로 아랫마을이고.

평등하다는 노르웨이도 동네에 따라 급은 나뉘네.
역시, 사람 사는 데, 다 똑같아.

참, 노라는 남친이 영국에서 석사과정을 곧 마치고
돌아오기로 해서 같이 살 집을 알아보고 있다네. 얼마 전에
들렀던 비겔란 공원 근처에 마요르스튜라는 꽤 번화한
동네가 있는데 그 동네에 마음에 드는 아파트가 있다는군.
크기는 약 40제곱미터에 월세는 1만 5천 크로네라고 하더라.
우리 돈으로 200만 원이 넘는 월세인데, 원래 그 동네에 그
정도 크기 매물이면 2만 크로네는 넘게 줘야 하니 그 정도면
싸게 잘 나온 거라나? 곧 계약하기로 했다네.
2만 크로네면 우리나라 돈으로 300만 원 정도인데.
12평짜리 1.5룸이 월세 300만 원?

역시, 오슬로도 집값은 사악해.

식사 마치고 햇살이 좋길래, 전에 학교 친구들과 잠깐
갔었던 오슬로 피오르 앞, 오페라하우스에 다녀왔어.
건축상을 많이 받았다는 바로 거기!

여기저기 앉기 좋게 되어 있어서 일광욕이나 좀 하려는데
갑자기 비가 쏟아지더라. ☂ 정말 변덕스런 날씨...
그런데 그때 바로 요트 한 대가 휙 다가와선 내 옆에 앉아
있던 아줌마들을 쪼르르 태우고 사라지더라고.
헐─── 요트, 나만 없는 거야?

물론, 그건 아니겠지만 역시, 노르웨이 사람들은 노는 방법도
다르구나 싶더라. 오슬로 중앙역에는 집시들이 구걸을 하고
있지만 말이야.

참 이상하지.

여행할 땐, 요트에서 여름을 즐기는 사람들.
강아지와 공원에서 산책하는 사람들.
해먹에 누워 바비큐 파티를 즐기는 가족들.
뭐 이런 것들만 보이더니 지금은 공원에서 쭈그리고
앉아 정원을 가꾸는 외국인 노동자들이나 기차역 앞에서
구걸하는 집시들, 노숙자들이 눈에 들어와.

왜일까...?

삶은 여행이라는 말, 오빠는 어떻게 생각해?
난 삶은 삶이고, 여행은 여행인 거 같아.
삶을 여행처럼 대하기엔 아직 내공이 부족한 걸까?

-햇살과 바람이 가득한 오슬로의 방구석에서-

오빠, 나 드디어 학생증을 받았어! 기분 좋아서 또 쓴다!
이젠 버스 탈 때마다 스튜던트 디스카운트 받으려고
구질구질하게 여권이랑 합격 통지서를 꺼내 들 필요가
없어졌어. 야호———!
내일은 학생증이랑 여권 가지고 은행 가서 딜을 해 보려고!
나 외국인 등록번호는 9월 중에나 받을 수 있을 것 같은데...
이 학생증으로 먼저 계좌 좀 터 줍쇼! 하고 말이야.
아마 안 되겠지? 학생 아파트 월세도 내야 하는데, 노르웨이
은행 계좌가 없으니까 매번 지로 송금 수수료만 2만 원이다,
이것들아. 흙흙. 너무하잖아.
안 해 줄 가능성이 더 높지만, 물어라도 봐야겠어.

오늘은 신입생 오리엔테이션이 잡혀서 학교에 다녀왔는데
친구들과 한참 수다를 떨었네.

나: 리바, 너 생활비는 어떻게 해결해?
         여기 물가 너무 비싸지 않아?
리바: 아, 나는 정부에서 학생 생활비 보조금을 받고
         있어. 노르웨이에는 정부에서 운영하는 학생복지
         기금이 있는데 학생 신분으로 총 8년까지 보장받을
         수 있어. 난 이전에 6년 동안 받아 버려서 이제 2년
         남았네. 나에겐 이번이 학생으로서 혜택을 받을 수
         있는 마지막 기회야.
나: 아, 그렇구나. 말로만 듣던 북유럽의 복지 정책
         뭐 그런 거네? 그럼 얼마를 지원받는 거야?

리바:　내 경우엔 한 달에 3천 크로네 정도를 받고 있는데, 원한다면 이보다 최대 두 배 정도까지도 받을 수 있어. 무사히 졸업하면 절반 정도가 장학금으로 전환이 되어서 나머지 절반 정도만 갚으면 돼. 졸업 후 10년에 걸쳐 나눠서 갚아도 되고.

나:　그래도 졸업하면 꽤 많은 돈을 갚아야겠네?

리바:　뭐, 그런 셈이지.

나 같은 경우엔 계속 해 오던 일이 있는데, 수입이 있다 보니 지원금을 조금만 신청했어. 하던 일을 학교 시작하고 파트타임으로 돌려서, 지금은 일과 학업을 병행 중이야.

나:　정말? 어떤 일인데?

리바:　밤에 장애인들이나 지적 장애를 앓고 있는 환자를 돌보는 일이야. 밤 10시부터 다음 날 새벽 6시까지. 그들이 잠을 잘 때 그냥 옆에서 함께 있어 주면 돼. 보통은 옆에서 자도 되는데 어떤 날은 잠을 못 자는 경우도 있어.

나:　아, 혹시 모르는 상황에 대비해서 그들 옆을 밤새 지켜 주는 일이구나?

리바:　응, 우리는 이런 걸 나이트 너싱이라고 부르는데, 정식 간호사들만 하는 일은 아니야.

나:　그럼 시급이 어느 정도야? 노르웨이는 물가가 비싼 대신, 시급도 높다고 들었는데.

리바:　음, 시급으로 따지만 약 160~170크로네? 그런데 밤 12시가 넘으면 220크로네 정도로

계산되는 것 같고, 주말이고 밤 12시가 넘으면
250크로네가 좀 넘나? 별일 없으면 그냥 밤에
보조 침대에서 잠만 자면 되기 때문에 학교생활과
병행하는 데는 지장이 없어.

나: 대단하다.
혹시 거기 청소하는 사람 안 필요하니?
나 청소 잘하는데.

리바: 내가 아침에 간단한 청소까지 해야 해.
너, 혹시 내 일자리를 위협하는 거야? 하하.
나중에 필요하다는 얘기가 있으면 알려 줄게.
그럼 넌 어떻게 생활비를 충당해?
한국에서 이런 보조금을 받고 있어?

나: 전혀. 난 스스로 모든 걸 해결해야 해.
한국에선 대학생들이나 대학원생들에게 생활비를
보조해 주는 정책은 없어. 난 여기 오기 전에 4, 5년
정도 일을 했었고 그때 모은 돈으로 지금 생활하고
있는 거야. 그런데 노르웨이 물가가... 알지...? 여기
생활이 좀 익숙해지면 나도 알바를 구해 보려고.

리바: 꼭 그렇게 해!
여기선 일만 하면 생활이 꽤 괜찮아져.
그냥 청소나, 단순한 일이라면 시급 150크로네 정도
받을 수 있을 거야. 꼭 찾아봐.

나: 그래. 나도 그러고 싶어.
오로라, 넌 어때?
스웨덴에도 비슷한 제도가 있어?

오로라: 나도 스웨덴 정부에서 학생 보조금을 받고 있지.
한 달에 8천 크로네 정도? 거의 최대 금액인데,
난 여유가 없어서 리바보다 좀 많이 받고 있어.
나도 졸업 후 부분적으로 갚아야 해.

나: 그렇구나.
다들 정부에서 학생 보조금을 받고 있구나.
호콘, 넌?

호콘: 음... 슬프지만 난 학생 경력(?)이 이미 8년
이상이라, 끝났어. 더 이상 받을 수 있는 학생
보조금이 없지. 학교에 들어오기 전에 10년 정도
IT 쪽에서 시스템 개발 일을 했었고 너처럼, 그때
모은 돈으로 지금 생활하고 있지.
지금은 따로 일을 하고 있진 않아.
필요하다면 해야겠지?

나: 그렇구나.
아... 호콘, 너도 아예 다른 일을 했었구나.
뭔가 다들 인생이 참... 다이내믹하네...

호콘: 예술대학에서야 흔한 일이지 뭐.

얘기를 듣다 보니, 뭐 이곳이라고 치열하지 않은 삶은 없는
것 같더라. 정도의 차이는 있지만 말이야.

아무튼 거주 허가증이랑 외국인 등록번호를 받고 이후에
은행 계좌만 해결하면 노르웨이로의 짧은 이주를 위한
준비가 완료될 듯해.

그럼 나도 알바를 구해 봐야겠어.
아니, 근데... 준비만 하는 건데 왜 이렇게 힘들지?
벌써 지치면 안 되는데.

-대낮같이 환한 밤, 오슬로에서-

오빠.

많이 바쁜가 보네?

답장은 없지만 난 또 편지야.

학교도 잘 다녀왔고, 은행 가서, "계좌는 아직 안 돼!"
라는 확답도 듣고. 계좌가 없으니 매달, 우체국에 가서
지로로 부치는 학생 아파트 월세의 송금 수수료를 낮출 수
있는 방법이 있는지도 물어봤어. 모든 일을 끝내고 집에
돌아오니 참, 내가 여기서 왜 이러고 있는지 모르겠다는
생각이 든다. 난 누군가, 또 여긴 어딘가.

오늘은 학교에서 첫 그룹 워크숍이 있었어.

그냥 뭐 별다른 건 없었고, 학과장 겸 지도교수, 힐다에게
학교생활에 대한 실질적인 안내를 받고 이런저런 궁금한 거
물어보고, 대략적인 대답도 들었어. 아, 맞다!
노르웨이에서는 학생, 교수, 교직원의 나이, 직책에 상관없이
모두 서로의 first name! 그냥 이름만 불러.
프로페서 누구누구, 써얼~, 맴~, 닥터 누구누구...
이런 존칭은 없더라. 편하게 이름 부르는 게 여기 문화인가
봐. 진짜 평등주의 맞네. 동방예의지국에서 온 나에게는 이런
문화가 처음이라 좀 어렵긴 했는데, 서로 이름을 부르니
오히려 친근하게 느껴지기도 하더라고. 노르웨이 사람들은
오히려 이런 문화에 나름 자부심을 가지고 있는 것 같고.
오늘 힐다와의 대화와 그리고 약 3주간의 체류 경험에
비추어서, 우리의 미래에 대해 아주 조금 고민도 해 봤어.
여기 오기 전에는 피상적으로 고민했던 것들 말이야.

다른 유럽 국가들에게도 선망의 대상이 되고 있는 부유한
국가, 이곳 노르웨이도 디자인이나 예술을 직업 삼아 밥
벌어먹고 살기는 똑같이 힘든 것 같긴 하더라고.
물론 경쟁의 정도에 차이는 있겠지만, 자기가 하고 싶은 일만
하면서 그걸로 생활비 충당하고, 아무런 걱정 없이
쏘오——— 해피하게 살 수 있는 유토피아?
그런 건 역시 없는 것 같더라.

작가로 살기 위해, 다, 다른 일을 하고 있고.
게다가 우린 외국인이라는 약점(?)까지 가지고 있으니
살림살이가 조금 더 어렵겠지?
아, 이런 사고 치지 말고, 그냥 살던 대로 살았으면
어땠을까? 그게 오히려 내가 원하는 소박한 행복과 더 닮아
있지 않을까...?라는 생각이 머릿속을 떠나지 않네.
아———, 그리운 망원동 시절.
왜 떠나기 전엔 몰랐을까?
인생 별거 없다는 거.

시간을 과거로 되돌린다면 지금과 같은 선택을 했을까?
좀 이상하긴 하지만 이건 정말 망설일 필요도 없이 예쓰!
뭐든 해 봐야 아는 거니까.
아무런 선택도 하지 않았다면 늘 마음 한구석에, 평등한
사회, 복지 국가, 세계에서 가장 행복한 나라, 뭐, 이런
곳에서 살면 나도 행복해질까...? 이런 뜬구름 잡는 생각도
했었을 테고.

아———, 그런데, 인생이... 정말 별거 없네.

엄마가 끓여 준 된장찌개 먹고 싶다. 젠장.

-오늘은 왠지 별로인 오슬로에서-

나리야.
난 네 편지를 읽는 게 요즘 몇 안 되는 낙이야.
참 많은 생각이 든다.

어쩌면 우리는 2년 동안,

'외국에서 살면 행복할까?'

라는 단순한 물음에 답을 찾아 가고 있는 것 같아.
누구나 이런 꿈을 꿀 수 있고, 실제로 행동으로 옮기는
사람들도 많이 있잖아? 여기 노르웨이도 많은 문제가
있겠지만 그래도 살 만한 곳인 건 확실하다고 생각해.
깨끗한 자연환경, 작은 도시와 낮은 인구 밀도, 적은
임금격차와 존중받는 노동자들의 권리. 단단한 공동체
의식이 깔린 반면, 서로 간섭하지는 않는, 말 그대로
인생에서 다양한 선택이 존중받는 사회.

그런데, 우리가 그리는 삶의 모습이, 과연...
한국에서는 불가능하고 여기서만 가능한 것일까?

한국이 문제일까, 내가 문제일까? 아님, 둘 다?
앞으로는 그 대답을 찾아야 할 것 같아.

우리는 노르웨이를 보고 있지만 동시에
한국 밖에서 한국을 바라보기 시작한 것 같아.

한 가지 확실한 건, 우리가 이곳을 찾아오지 않았다면
평———생 이런 환상을 가지고 살았을 거라는 거지.
평———생 꿈만 꾸고 사는 거야.

치열한 자본주의 사회에서 자란 우리에게는 별다른
갈등도 없어 보이고, 요란한 대중문화나 자극적인 사건도
없는 이곳은 조금 심심하지만, 바로 그런 점이 우리에겐
매력 포인트인 거지.

즐기자.
어차피 언젠가는 했을 선택이야.
그래도 서로 다른 도시를 경험할 수 있어 좋잖아?
이걸 다 누구에게 설명할 수 있겠어.
또, 어떻게 공감할 수 있겠어.
너랑 같은 시기에 같은 것을 보고 있어서 다행이야.

-이상한 나라, 노르웨이의 좀 더 이상한 도시에서-

오빠.

어제는 경찰서 바로 맞은편의 오슬로 세무서에 다녀왔어.

9시에 문을 여는데, 8시 40분쯤 되니까 사람들이 문 앞에서

우르르 모여들더라. 둘러보니 거의 다 외국인인 거 같았어.

나도 그 가운데 하나고.

거주 허가증을 받으면 세무서에 가서 외국인 등록번호를

받아야 해. 아———— 진짜, 왜 이렇게 해야 할 일들이 많은

거야? 이민자는 어렵구나. 이민국에 문의했던 것도 답장을

받았어. 간추리면, 학생용 거주 허가증의 유효 기간은 최대

1년이고, 그 이후엔 다시 연장 신청을 해야 한다네.

당연히, 연장 신청 수수료도 있고. 아냐...

그럴 거면 한 번에 왜 2년 치 생활비를 증명하라는 거지?

연장 신청할 때 나머지 1년 치 생활비를 다시 증명해야

허가가 날지도 모르겠다. 정말 우리가 무슨 그지인 줄 아나...

드럽고 치사하네.

어젠 친구들이 먹는 포리지도 사고 아몬드랑 건포도도 한

통씩 사 왔어. 포리지가 결국, 오트밀, 우리말로는 귀리라고

하는 건데 요즘은 한국에서도 건강식으로 꽤 인기가 있는

듯해. 여기서는 가난한 학생들이 생활비 없을 때 연명하는

식량 같은 건데 말이지.

참, 노라의 남자친구는 이사하기 전까지 우리 플랫에서

머무르기로 했어. 그래서인지 노라는 요즘 참 행복해 보여.

노라 방에서 웃음소리가 자주 들리거든.
노라가 요리하는 것도 처음 봤어.
좀 부럽네.

이번 학기엔 학교 적응, 이곳 생활 적응, 노르웨이어 배우기,
이민국 관련 문제 해결하기가 주요 과제가 될 거 같아.
물론 학교 적응이야 다른 친구들이 잘해 줘서 걱정은 안
하지만. 의외로 굿 커뮤니티 필링이 있더라고.

알바도 너무 스트레스받지 않는 선에서 알아보려고.
오빠도 스트레스받아 가면서 무언가를 하지는 않았으면
좋겠어. 우리가 여기에 온 목적과 부합하지 않는 거니까.

알지?

-선선해서 졸린 여름, 오슬로에서-

나리야.
일기예보를 보니 잠시 비가 오지 않는다길래,
운동 삼아 동네 뒷산에 다녀왔어.
플뢰엔이라고, 관광객들도 많이 찾는 조망 명소더라고.
물론, 그들은 케이블카를 타지만.

관광객들을 피해 저녁 6시쯤 걸어서 올라갔는데,
산에서 미친 듯이 뛰어다니는 사람들 때문에 놀랐다.
산에서 조깅을 하다니. 이런 게 바이킹의 강인함인가...
하면서도, 무릎 나갈 텐데... 걱정이...
그래도 뭐, 멋지긴 하더라.

내려오는 길에 살짝 길을 잃어 의도치 않게 예쁜 동네도
만났는데 정원이 딸린 조그만 집들과 바다가 내려다보이는
풍경이 너무 좋았어.
한동안 조용한 길에 서서 멍 좀 때렸다.
남의 집 마당 너머로 일렁이는 백야의 바다를 보면서 말이지.

다시 길을 가는데 앞에 가던 사람이 산책시키는 개의
걸음걸이가 뭔가 이상한 거야. 자세히 보니, 강아지의 뒷다리
하나가 없더라고.
뭐랄까. 그것도 괜히... 감동이었어.
개도, 주인도 느리지만 열심인 모습이.

아, 이 치즈는 절대 사지 마.
교회에서 식재료 나눠 주는 봉사를 하시는 할머님이
이 치즈도 먹어 보라고 권하셔서 받아 왔는데,
뚜껑을 열자마자 기겁했어.
내가 잘못 보관해서 썩은 건 줄 알았음.

"우웩, 이게 뭐야?!"

하는데, 로이가 이건 블루치즈라고
노르웨이 전통 치즈 중 하나라더라.
와, 냄새가 정말 과격해.
할머니, 그래도 감사한 마음은 변함없습니다....

로이에게 이거 너 줄 테니 전통적인 음식 좀 즐기라고 했어.
요즘 너무 카레만 먹더라고.

오늘 아침 드디어 그가 이걸 빵에 발라 먹었는데 이자가
제발 그... 뚜껑 좀 닫으면 안 되냐고 했지.

아, 물론, 지금은 비가 오는 중이야. ☂

-폭풍우 치는 베르겐에서-

오빠.
그러고 보니 오빠도 다음주부터 학기가 시작되는구나!
궁금하다.
오빠가 만나게 될 사람들과 공간.

이곳에 와선 정민아 님의 앨범을 많이 듣게 되는 것 같아.
뭔가 가야금 소리가 마음을 울렁거리게 해.
최근에는 이아립 님의 앨범도 많이 들어.

오늘은 웬일인지 하루 종일 햇살이 맑아 기분이 좋다.
아마 베르겐은 오늘도 들쑥날쑥 비가 왔다 그쳤다 하고
있겠지?

오빠, 전에 노라가 8월은 아직 여름 시즌이라고
얘기했던 거 기억나? 그런데 이곳에선 여름에도 울 카디건을
입어야 하나 봐. 쌀쌀해서 울 카디건을 매일 입고 다녀.
어제 잘 때는 벌써 수면양말도 개시했어.

8월에 울 카디건과 수면양말이라니.
노르웨이의 여름, 참 어렵다.

-추운 여름, 8월의 오슬로에서-

오빠.

답장이 없는 걸 보니 개강 첫 주라 정신이 없나 보네.

오빠네 학교가 어떤지 궁금하다.

난 요즘 일요일이 너무 좋더라.

집 앞 공사장이 일요일엔 쉬니까 말이야. 늦게까지 침대에서 뒹굴뒹굴거리다 시내에 있는 갤러리를 다녀왔어. 아직 오슬로 지리가 익숙지 않은데, 12시가 넘어 도착한 내셔널 갤러리 앞은 사람들이 북적대는 통에, 여기가 거기구나! 확신할 수 있었어. 그 유명한 뭉크의 '절규'를 이렇게 물가가 비싼 노르웨이에서 무료로 관람할 수 있다니!

한국인 단체 관광객들도 꽤 많이 본 것 같아.

한국에서도 여기로 은근 관광을 많이 오나 봐.

패키지여행 상품의 거쳐 가는 도시 가운데 하나일까?

여하튼, 한국말이 들리니 신기하네.

나도 모르게 일종의 직업병(?)이 도져서 그런지 작품 감상에 더해 갤러리의 공간 구성이나 동선, 전시장 내부의 컬러감, 공간감, 조도 같은 것들이 눈에 들어왔어. 벽면의 컬러감이 좋아서 자세히 보니 모두 리넨 원단으로 마감되어 있었고 그래서인지 몰라도 높은 천장에도 불구하고 위압감이 느껴지기보다는 따뜻하게 느껴졌어. 스폿 조명이 대부분이었지만 패브릭 벽이 빛을 자연스럽게 흡수해서 그런지 눈이 편하기도 하더라. 물론 천창의 자연광 유입이 더해져서 그런 것 같기도 하고.

국립 미술관 전시를 다 보고, 국립 디자인 공예 박물관에
갔었는데, 후아... 말 그대로 거기 있는 공예 작품들...
다아———— 갖고 싶었어! 노르웨이 작품뿐만 아니라
스칸디나비아 3국의 제품들이 모두 전시되어 있었는데
스웨덴, 덴마크, 노르웨이 각국의 디자인/예술을 구분
짓기가 나에게는 아직 너무 어렵더라. 노르웨이는 물론
양적으로 디자인 브랜드가 적고, 국제무대에서 네임 밸류가
타 북유럽 국가에 비해 부족한 건 사실이지만 노르웨이
디자이너, 작가의 작품을 모아 놓은 거 보니까 이들도
나름대로 꾸준히 창작활동을 해 오고 있었구나 싶어.
물론 국립 박물관이 그런 거 보여 주려고 만들어 놓은 데니까
이런 생각이 드는 게 당연한가?

이곳의 디자인을 우리나라에서 익숙한 팩토리-메이드
제조업과 대량생산 시스템으로 평가하기도 어려운 것 같아.
여긴 철저히 공방, 스튜디오 위주의 산업 구조니 우리가 알
만한 자동차, 전자제품 브랜드가 없다고 해서 이상할 것은
없지. 노르웨이 디자인사에 알바 알토, 폴 헤닝센, 아르네
야콥센 같은 거장은 없지만 이런 건 어디서 구해 왔나
싶은 노르웨이 젊은 작가들의 작품을 보고 있자니, 여기에
대기업이 있나? 유명한 브랜드는 뭐가 있지? 하고 생각했던
내 관점이 초점을 벗어나 있던 게 아닐까 하는 생각이
들더라. 주절주절 미술관 투어 후기 및 넋두리는 여기까지야.

아... 벌써 주말이 끝나 가네.

주말이 지나는 게 이렇게 아쉬운 걸 보니,
이제 오슬로에서의 일상에서 하기 싫지만 해야만 할 일들이
생겼나 봐.

오빠도 오랜만의 학생 모드라 정신없겠다.
스웨덴에서 온 오로라의 표현을 빌리자면
가끔 두뇌의 영어를 담당하는 부분이 고장 날 수도 있으니
조심하시고요.

-아쉬운 일요일 저녁의 오슬로에서-

나리야.

으아———. 오랜만에 편지지?

학기가 시작되고 첫 주가 정신없이 지나갔어. 2년을 함께할
스튜디오도 정해졌고, 제비뽑기로 각자 자리도 뽑았어.
오래된 건물의 꼭대기 층에 있는 엄청 큰 규모의 다락이 우리
스튜디오인데 어쩐지 유럽에 온 느낌이 나는 공간이야.

우리 학교의 매력은 시설이 도심 이곳저곳에 오래된
건물들로 흩어져 있다는 것? 왔다 갔다 하기가 불편할 수
있지만 하나같이 고풍스러운 건물들이어서 어쩐지 좋더라.
새 건물보다 확실히 느낌 있어. 어제 늦게까지 스튜디오
식구들과 술 마시고 누워 있다가 정오가 다 되어서 다시
나와 봤는데, 어제의 여파로 이곳저곳 맥주 캔이 널려 있네.
그럼, 내가 일주일 동안 느낀 점을 찬찬히 적어 볼게.

#우선, 학교.

수요일, 목요일 이틀간 2회의 워크숍이 있었어.
뭐지? 첫 주부터 너무 빡센 거 아니야? 싶었는데.
교수들이 약간 황당한 제한조건을 주고 거기에 맞춰
학생들이 자신의 연구 주제를 소개하는 내용이었어.
덕분에 이곳의 수업 방식도 조금은 이해할 수 있었고.

일난, 노르웨이 대학교에서 교수는 단순히 가르치는 사람이
아니더라고. 어떤 때는 리액션 좋은 청중이 되기도 하고,
어떤 때는 사회자가 되기도 하고.

학생이 자신이 가진 문제의식이나 주제에 대해 설명할 때
신기할 정도로 잘 들어 주고 무엇보다, 바로 평가하려 들지
않아. 모두가 모인 자리에서 누구는 잘했네, 누구는 더
보완해야겠네, 어떤 부분이 좋고, 어떤 부분은 별로였네...
이런 얘기들을 상당히 아끼는 게 느껴지더라.
이틀 사이 두 번의 워크숍 동안 학생들이 발표하고 나면
모든 교수들은 항상 비슷한 말을 했어.

아주 좋아. 큰 영감을 받았어.
너희들에게 정말 고맙다. 수고했어.
너희들은 서로에 대해 많은 것을 알게 되었을 거야.
함께 더 고민하고, 또 상상해 봐.

즉각적인 피드백이나 혹독한 비판은 없어.
수업이 서로 웃고 떠들고 환호성이 오가는, 다 함께 즐기는
하나의 파티 같다고 할까? 솔직히 나도 두 번째 날은 수업이
기다려지더라니까? 엄중한 비판도 없고, 서로의 생각을
유치원 미술시간처럼 자유로운 방식으로 보여 주고.
그러다 보면 분명 배꼽 빠지게 웃게 될 테니까.
서로 평등하게 이름을 부르니 어쩐지 친근한 느낌도 있고.
그래서인지 여기 학생들은 교수들 앞에서 무언가
이야기하는 게 굉장히 자연스럽더라고. 자기 생각을
설명하기 위해 목소리를 덜덜 떨며 발표 화면을 열지도 않아.
솔직히, 그 가운데 틀에 박힌 프레젠테이션을 준비한 건
나뿐이었어.

#두 번째로 사람들.
이미 일주일 사이에 동료 학생들의 얼굴을 어느 정도는
익히게 되었어. 이름은 여전히 외우기가 힘들지만. 신기하고
미안한 건 노르웨이 학생들은 이미 한국에서 내가 오기로
했다는 사실을 다 알고 있었더라고. 아마, 학교 측에서
한국에서 누가 온다고 미리 안내해 주었나 봐.
내 이름을 어떻게 발음해야 하는 거냐고 묻는데, 시도해 본
결과 그건 이들에게 너무 어려운 미션이더라고. 결국 앞의
몇 글자로만 부르기로 했어. 그렇게 나는 Sun 또는 Sung으로
불리게 되었지. 그런데 외국인은 나 혼자가 아니었어.
11개국의 학생들이 석사 과정에 있다는 걸 알게 되었는데,
뭐지...? 노르웨이...
우리만 관심 있었던 게 아니었나?

어제는 첫 주라 그런지 후라이데이 나잇 웰커밍 파티를
했는데 페북에서 몇 명의 학생들이 빠르게 추진을 시작했고,
가장 면적이 큰 우리 스튜디오에서 모이기로 했어.
물론, 빠지는 사람도 있었어. 여기도 우리처럼 아싸는
있겠지. 결국엔 한 절반 정도만 파티에 왔어.

좀 신선했던 건 학부생, 석사 1년 차, 2년 차 등 다양한
학생들이 있는데 누구도 거들먹거리지 않더라.
선후배 문화 따위 없는 게 너무 좋았어.
하긴 교수도 이름 부르는데 선배가 뭐라고.
그냥 누구나 동등한 관계.

학교에서 술을 마시는 건 디자인 쪽 공통인지, 여기도
마찬가지였는데 안에서 마시는 주된 목적은 싼값에 취하는
거였어. 밖에서 마시면 너무 비싸다는군. 저녁 8시쯤 이런
장소에 모여서 워밍업을 한 후, 자정이 되면 본 게임을 위해
밖으로 나간다. 이런 거지. 여기도 돈이 문제야.
머니 머니 머니!

안에서 취할 술은 각자 준비해 가야 하는데 맥주가 가장
일반적이고, 충격적인 건 술을 만들어 온 애들도 있다는
거야. 집에서 만든 수제 맥주나 알코올이 들어 있는 소다
같은 거 말이야. 그런데... 맛이... 꽤... 나쁘지 않았어.
애네들... 뭐지...?

아시아에서는 나 말고 이란에서 온 누나와 태국에서 온
친구가 있었는데 다들 비자의 진행 상황을 공유했어.
내가 가장 안 좋은 상황이더군. 독일 하노버에서 온
파울이라는 친구와도 이런저런 얘기를 나눴는데 신기하게도
작년에 우리도 가 본 적 있는 'Nordic Passion'이라는
전시로 서울에 일주일 정도 방문했었다네. 좀 진지하게 왜
아파트에도 삼성 로고가 붙어 있냐고 묻더라.
"그러게. 이상하지...?"만 반복하고 좋은 대답을 해 줄
수가 없었어. 여하튼, 다들 뭔가... 내공이 상당해 보이는
디자이너였어.
자꾸 잘한다, 못한다, 평가하고 비교하고 줄을 세우는 내가
너무 싫은데... 이게 당장은 안 고쳐지네.

흡사 예수님 같은 스타일의 비다르라는 녀석과도
이런저런 대화를 나눴는데 이 친구가 워크숍에서 했던
프레젠테이션이 좀 무성의하지만 인상적이어서 이름을
기억하고 있었지. 알고 보니 내 또래더라고.
역시나 쿨하고 직선적인 녀석이었어. 그런데 의외로 섬세한
구석도 있더라. 이를테면, 갑자기 내 걱정을 해 준다든지.

비다르: 너 여기서 살면서 가장 곤란한 문제가 뭐야?
나: 음... 아직 뭐가 뭔지 잘 모르겠는데. 역시... 돈?
         여기 물가가 비싸잖아? 나름 한국에서 일하며 모은
         돈이 있는데 많진 않거든.
비다르: 우리는 학생복지기금으로 한 달에 정부로부터
         돈을 꽤 받지만, 그중 40퍼센트는 졸업하고
         갚아야 해.
나: 음, 그래, 그런 게 있다는 건 들었어.
         그런데 그건 다른 나라와 비교하면 엄청난 거야.
         엄청난 혜택이라고. 등록금도 무료인데.
비다르: 그래, 우리가 빌어먹을, 잘사는 건 알겠는데.
         나 같은 경우는 부모님이 여유가 없으셔서 학부
         때부터 그 돈을 꼬박꼬박 받아 썼으니 이미 빚이
         꽤 된다고. 이제 2년 동안 빚이 더 늘어날 거고.
         그러니까, 내 말은 돈이 문제인 긴 너나 나나
         마찬가지라고.
나: 그래, 굳이 대학원까지 올 필요 없이 밖에서
         일하며 경력도 쌓고 돈도 벌 수 있는 건데.

비다르: 너나 나나 나이 들어서 돈이랑 경험을 바꾸고
　　　　있는 거지.

어제 느낀 건,
한두 명의 개인을 보고 어느 나라 사람들은 이렇네,
저렇네 하는 일반화를 당장 멈춰야겠다는 것. 나이 따지지
말아야겠다는 것. 술은 정말 사회적인 친밀도를 단시간에
향상시켜 주는 국제적인 도구라는 것... 정도?

파티가 끝나갈 즈음 파울이 데려온 건축가 친구분이
(나이가 꽤 많아 보여서... 존칭이 절로 나왔어.)
나에게 이렇게 얘기하시더라.

"우리는 2차 대전이 끝나고 엄청나게 가난했어.
혹시 알고 있니?
우리가 잘살게 된 건 우리가 일을 잘해서가 아니야.
우린 북해에서 기름을 찾았지.
그냥 운이 좋았던 거야.
그런데... 하나 자랑할 만한 게 있다면
우린 그 행운을 잘 활용하고 있다는 거야."
"우린 정직한 어부들이었거든."
"우린 중동의 산유국들과는 달라. 미국과도 다르지."

-산유국의 항구 도시, 베르겐의 토요일 오후에-

오빠.

드디어 오빠도 학교생활이 시작되었네.

지난 금요일에는 소피아가 내 방에 놀러 왔었어.

원래 학교에서 점심을 같이 하기로 했었는데, 둘 다 늦게

일어나 버린거지. 흐흐. 어차피 오늘 학교에 갈 일도 없고

해서, 간단하게 점심 만들어 줄까? 했는데 콜!

간단히 밥과 소시지, 계란 프라이, 참치 볶음을 준비하고

고추장으로 마무리해서 벅벅 비벼 먹었어. 다 비벼 먹는

거지. 한국 스타일로! 소피아가 맛난 음료도 한가득

가져왔는데, 캬! 좋더라. ♫

소피아는 내년에 일본으로 교환학생을 준비 중인데 그래서

요즘 일본어를 공부하고 있나 봐. 아시아 문화에 관심이

많아서 나에게도 먼저 다가와 준 거겠지만 이 친구랑

이야기할 때마다 느끼는 건, 다른 문화에 대한 관심을

바탕으로 차이를 존중하고 이해할 줄 아는 열린 마음을 가진

아이라는 거야. 물론, 나 역시 그런 면에서 아주 조금은 깨어

있다고 믿고, 그래서 우리는 대화가 통하는 걸지도 모르겠다.

어쨌거나 마음 줄 곳이 생긴 것 같아 내심 기뻤어. 사실 이곳

사람들이 친절하긴 하지만 타인에게 크게 관심을 두지 않는

문화고, 그렇다 보니 필요 이상으로 살갑게 말을 걸어 주는

사람은 드물어서... 어쩐지 조금 차갑다는 인상을 받았거든.

문화 차이겠지만 우리나라에선 오지랖이라고 싫어하던

타인의 관심이 외국 나와 보니 조금 그립기도 하고.

여하튼, 사람 사는 곳, 다 똑같네.
어딜 가나 이런 사람 저런 사람, 다양한 사람들이 있으니까.

오빠 말처럼 개인을 그가 속한 집단이 가진 하나의 이미지로
묶어 버리는 오류를 범하지 말아야겠다는 생각이 들어.
노르웨이 사람들은 다 이렇고 저렇고. 그런 거 말이야.
성급한 일반화의 오류.
그거 정———말 나쁜 거다 이거지.

아... 다음주부터는 아마 조금 바빠지겠지?
그런데 여기 오니 오히려 바쁜 게 좋더라.
어차피 아직은 수다 떨 친구도 별로 없고, 밖에 나가 무작정
돌아다니는 것도 한계가 있고 말이야.
좀 쓸쓸한 얘긴가?

오빠도 다시 시작한 학생 라이프 멋지게 즐기길 바랄게.
길다면 길고 짧다면 짧은 2년.
행운을 빌자.

-구름이 잔뜩 낀 꿀꿀한 날씨의 오슬로에서-

나리야.

오늘 길을 걷다가 문득 느꼈는데

나 정말 비염이 싹——— 나았어.

환절기인데 코가 아무렇지도 않다.

일교차가 적어서일까, 공기가 좋아서일까?

궁금하다. 수돗물도 마시다 보니 꽤 맛있는 것 같아.

너도 하루하루 언어 문제로 힘들어하고 있겠지?

영어에 노르웨이어에... 날마다 머릿속은 대혼돈이야.

집에 돌아오면 아까 그 상황에서는 이렇게 얘기했어야

했는데, 그 질문이 이런 뜻이었나? 하고 몇 번을 곱씹어

본다. 특정 사안에 대해, 한국은 어때? 하고 묻는 일도

다반사인데, 내가 나고 자란 곳의 역사나 현안들에 대해

이렇게나 몰랐구나... 하고 깨닫는 계기가 되기도 하고.

여기서 한국인은 나뿐인데... 좋은 대답을 해 주려면 여러

가지로 공부 좀 해야겠더라. 특히 현대사...

바보 같은 대답만 늘어놓고 나면 늘 후회막급... 멍청이.

이번 주부터 본격적인 수업이 시작되었는데,

큰 차이점이라면, 절대 교수 혼자 떠들지 않는다는 것.

계속해서 토의를 시킨다는 것. 30분간 하나의 이론을 소개해

주면, 이후 30분은 학생들끼리 떠들며 응용해 볼 시간을

준다는 것. 즉, 말하는 것이 수업의 절반 이상.

또, 여기서 새로 알게 된 사실 하나! 싸우스 코리아 하면

대표적으로 떠올리는 이미지가 성형수술인가 봐.

나보고도 우스갯소리로,

"너도 한 거 아니지? 한국은 다 한다던데?"

하는데...
사실 난 코를 했다고 농담을 했지.
실제로 믿는 애들도 많았는데 뭐, 결과적으로 재밌어하니
좋더라.

또 조금 놀라운 일이 하나 있었는데, 얼마 전에 학교에서
모 교수님과 1분짜리 원-테이크 영상을 만드는 워크숍을
했거든. 누군가는 찍어야 하고 누군가는 연기를 해야 했는데,
혼자서는 불가능하니 여섯 개의 팀을 만들었어. 그런데 시작
전에 담당 교수가 DSLR 여섯 대랑 삼각대 여섯 개를 혼자서
짊어지고 낑낑거리며 강의실로 들어온 거야.
그게... 진짜... 무거워 보였거든? 그런데 신기한 건 누구도
도와주지 않았다는 거야. 난 솔직히 좀 민망하더라고...
도와줘야 하는 거 아냐? 교수님인데? 이분은 왜 다른
학생들을 불러서 시키지 않았지...?

더 놀라운 건 나중에 팀별로 영상을 찍어서 메모리카드
통째로 제출했는데 이분이 다음 날 그걸 직접 편집해서
여섯 개 팀의 영상을 모두 합친 완성본을 짠———! 하고
보여 주더라. 당연히 너희들 수고 많았다는 칭찬과 함께.
수고는 교수님이 더 하신 거 같은데...

나에게는 이런 일들이 신선한 충격이었어.
그분은 자기 일을 했고 다들 그렇게 생각하는 듯했는데, 난
그게 오히려 신기하더라고. 교수, 학생 간에 서로 이름을
부르는 것뿐만 아니라, 실제로 모든 게 이런 식이야.
아, 이거... 뭐지? 나도 이래도 되나...? 하고 적응을 못
하다가, 이 근간에는 노르웨이에서 누구나 동의하는 굉장히
단순한 믿음이 있다는 것을 깨달았어.

우린 다 각자의 일을 하고.
그 앞에서 평등하다는 거지.

평등주의, 평등주의... 그래, 알지, 나도. 우리 다 평등한 거.
그게 말은 간단한데 우리의 고향에선 잘 작동하지 않잖아...?
또, 재밌는 게 우리 학교는 학점이 없어요...
이건 너희 학교도 마찬가지겠지?
패스, 논 패스만이 있을 뿐. A 학점, B 학점, C 학점 따위로
줄을 세우지 않더라고. 그런데 대학에서 성적으로 줄을
세우지 않으니까 신기한 현상이 생기더라.

학생들끼리 서로 잘... 돕더라고. 이번 워크숍에서도 말이야.
어차피 내 옆의 친구를 돕는다고 내 학점이 낮아질 것도
아니니까. 뭐든 자기가 알고 있는 것은 알려 주고 누군가 잘
모르겠다는 눈치면 도와주는 게 자연스럽더라고.
이런 동료 의식이 공동체 의식으로 확장되는 것인가...?
싶기도 하고.

노르웨이 정부의 궁극적인 목표는 사회에 어떤 식으로든
존재하는 계급을 최소화하는 것이래. 그게 정부가 존재하는
이유라는군.

그렇지... 우리가 사는 세상에는 이미 새로운 계급이
생겨나고 있으니까. 그게 될지는 모르겠지만 어쨌든
방향성이 그러하다는 게. 또 거기에 대부분 동의한다는 게
대단한 거지.

주말에는 이사 준비를 해야 할 것 같아.
드디어 말도 많고 탈도 많았던 산드비켄을 떠나는구나.
예수님 스타일의 비다르가 지난 파티에서 지나가면서
얘기한 내 이사 계획을 기억하고 있었는지, 불쑥 내 자리로
오더니,

"여어, 흠흠, 이사 언제야?"
"필요하면 내가 뭐든 도와줄게."

하더라.
평소에 별로 말도 없는 녀석인데. 아주 초오큼 감동했다.

결국엔 우리를 즐겁게 하는 것도, 힘들게 하는 것도
다 사람인가 봐.

-텅 빈 다락방 스튜디오에서-

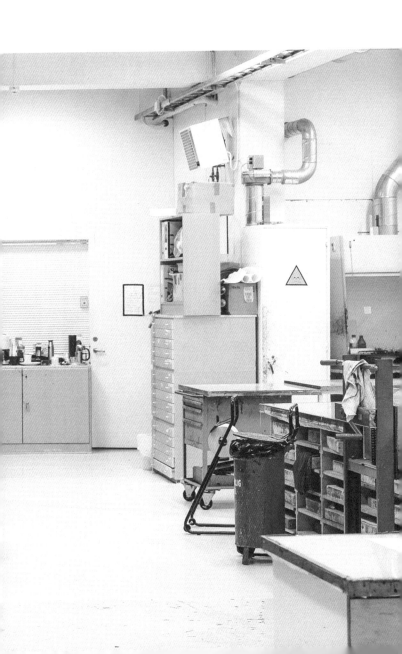

오빠.
오늘은 기분이 롤러코스터같이 오르락내리락이네.↑↓
한창 룰루랄라 ♫ 샌드위치를 먹고 있는데 밖이 너무
시끄러운 거야. 얼마 전에 나의 플랫 메이트, 노라가 남친과
이사를 나갔는데, 오늘 새로운 학생이 아빠랑 짐을 잔뜩 싸
들고 왔더라고. 중동계로 보이는 남자애였는데 이제부터
개랑 둘이 함께 이 플랫을 쓰게 되었어.

남녀 차별하는 건 아니지만 단둘이 쓰는 플랫에 성별 구분
않고 방 배정해 버리는 쿨한 유럽식 시스템에 뭐라 할
말이 없네. 동방예의지국에서 온 나는 언제쯤 이런 문화에
익숙해질 수 있을까? 이쯤에서 소박한 바람이 있다면 새로운
플랫 메이트가 그저 '깔끔한' 인간이길 바라는 것뿐.
그건 어렵지 않잖아?
제발...

혹시 오빠도 요즘 해가 짧아지고 있는 거 느껴?
물론 저녁 8시쯤이면 어두워지는 게 당연하지만 어쩐지
이상해. 어제 폴란드에서 온 마리아가 그러더라.

"아, 여기서 살아 보니까 이곳의 겨울이 견디기 힘든 건
추위 때문이 아니야. 어둠 때문이지."

그런 얘길 듣고 보니 이렇게 해가 점점 짧아지는 게
괜히 무섭더라. 좀 아쉽기도 하고.

아직 한 겨울의 노르웨이, 스칸디나비아의 추위와 어둠은 제대로 경험해 본 적이 없으니까.

아, 그리고! 방금 들어온 따끈한 소식 하나 추가!

편지 쓰고 있는데 플랫 메이트가 짐 정리를 마쳐서 간단히 인사하고, 조금 얘기를 나눴어. 알고 보니 중동이 아니라 필리핀에서 온 오슬로 종합대학 학생이었어.
일단 첫 느낌은 친절하고 착한 듯.
지내 봐야 알겠지만 말이야.

-우울하고 어둑한 오슬로에서-

나리야, 나 자전거 생겼어!
아싸———! 득템했다. 진짜!

파울이랑 학교 뒤편을 지나가는데, 관리인 아저씨들이
자전거 주차장에서 뭔가 하고 계시더라고. 자세히 보니
버려진 자전거 네 대를 고철 쓰레기들이 담긴 커다란
컨테이너에 싣고 계셨는데, 언뜻 봐도 그중에 한두 대는
아직 굴러갈 것같이 보였거든. 내가 아깝다고 하니까 파울이
말하길,

"저분들 오후 3시면 퇴근하니까, 그때 다시 와서 컨테이너
문 열어 보고, 상태 괜찮은 거 있으면 한 대 가져가.
여기서는 교환학생들이 중고 자전거 사서 타고 다니다가
떠나면서 저렇게 버리고 가는 경우가 종종 있어."

그런 자전거들을 수거, 수리해서 파는 사회적 기업도 있다고
들었는데 말이지. 여하튼, 학교에서의 모든 일정을 마치니
이미 오후 4시더라고. 굳게 닫힌 거대한 고철 컨테이너 문을
여니... 짜잔———!
고철들 사이로 유독 한 녀석이 눈에 들어오더라.

네 대 중에 상태가 제일 좋은 녀석이었는데 펑크 난 타이어에
녹도 좀 슬었지만 브레이크랑 체인, 페달은 멀쩡했어.
이 정도야 자전거 여행 유경험자로서 충분히 고칠 수 있지!
바로 상점으로 가서 필요한 부품을 샀어.

역시 아웃도어의 나라라 그런지, 각종 자전거 부품들이 너무
잘 정리되어 있더라. 도구 한두 개랑 사이즈 맞는 타이어
튜브 두 개까지 지출이 좀 있었지만 적지 않은 교통비를
절감할 수 있으니 이 정도 투자는 할 수 있지! 그렇지 않아도
이사 가면 트램 요금이 너무 비싸서 걱정이었는데 정말
다행이야. 우비 세트에 이 자전거라면 비 오는 날 출퇴근도
문제없겠어. ☂

정말 이렇게 현지인이 되어 가네.

-맑았다가 또 비가 오는 베르겐의 저녁에-

오빠.
지금쯤 열심히 이사 중이겠지?
짐 들고 다니느라 힘들 텐데 잘 끝났으면 좋겠다.

오늘 학부에서 패션디자인을 전공하는 친구와 우연히
대화를 나눌 기회가 있었는데, 그 친구가 베르겐
출신이더라고. 오슬로에 온 지는 이제 1년이 조금 지났다네.
난 왜 베르겐에서 왔다는 사람을 보면 이리 반가운지.
아, 진짜냐고, 악수까지 하고 내 남자친구가 지금 베르겐에서
살고 있다고 했다. 웃긴 건 그 얘기하니까 두말 않고,
레인코트는 샀겠지...? ☂ 하더라.
하하. 그 친구 꽤 느낌이 좋았는데.
오빠가 살고 있는 동네 사람이었다니.

앗, 방금 플랫 메이트가 들어왔나 봐.
필리핀에서 온 새로운 메이트의 이름은 롤란도야. 특이한
건 앤 집에 있을 때면 늘 자기 방 문을 활짝 열어 놔. 아주
개방적인데, 내가 화장실을 쓰거나 주방에서 요리할 때
조금 신경 쓰이는 것 빼곤 뭐... 괜찮아. 또 이어폰으로
노래를 들으면서 따라 부르는 걸 즐기는데 문제는 엄청 크게
부른다는 거. 내가 최대한 정중하게,
"익스큐즈미... 노래 부를 땐 너 방문을 좀 닫아 주겠니?"
했더니 노랫소리는 이제 안 들려.
내가 좀 예민한가...? 평소에 말하는 거 보면 꽤나 젠틀한데
음악에 대한 사랑과 노래에 대한 열정이 놀라울 정도네.

전에 학교 친구들과 이야기하다가 유럽에서 바라보는
아시아인의 이미지에 대해 듣고 난 이후로, 길거리에서 사진
찍는 게 좀 신경 쓰여. "아시아 사람들은 전자기기에 엄청
관심이 많은 거 같아. 길에서 보면 다들 카메라에 얼굴을
붙이고 다녀서 얼굴 보기가 힘들다니까?" 하고 반농 반진의
얘기를 하더라고. "외국으로 여행 가면 사진 많이 남기고
싶은 거... 당연한 거 아니야? 나도 한국에서 본 유럽
관광객들... 카메라 많이 들고 다니던데?" 이렇게 받아쳤어야
했는데... 대화가 워낙 빠르게 진행되다 보니 타이밍을
놓쳤어.

아직 순간순간 영어로 내 생각을 완벽하게 표현한다는 게
힘들기도 하고. 나중에 곱씹어 보니 속이 쓰리더라. 휴...
내가 생활하는 공간들, 지나가다 보이는 길가의 풍경들.
예쁘게 찍어 오빠에게 보여 주고 싶은데, 그 얘기 듣고 나선
괜히 신경 쓰이네.

오빠가 이사한 새로운 공간도 매우 궁금하다!
이사하느라 고생이겠지? 비는 많이 안 왔으려나? ☂
얼른 끝내고 맛있는 거 사다가 먹어.
오늘은 푹 쉬고. 알겠지?
마침내 학생 아파트에 입주하시는 것을 축하드리며
이만 줄이겠습니다.

-갑작스러운 비에 우중충해진 오슬로에서-

나리야, 이사는 생각보다 잘 끝났어.
학생 아파트 바로 앞에 트램 정거장이 있어서 편하게 왔는데,
이미 이곳에 입주해 있던 입학 동기 누나, 사마라가 큰 가방
하나를 들어 준 덕에 아무런 위기가 없었어.
내 방은 꼭대기에서 한 층 밑인 17층인데 주방은 같은 구역에
사는 여덟 명이 공유하는 방식이더라. 당연히 주방에서
모두와 만날 수밖에 없는 구조인데 인사하고 보니 대부분
독일에서 온 교환학생들이었어.

사마라가 살고 있는 방은 좀 다른 타입이라길래 가 봤는데
우리나라 원룸 정도 크기로 내 방보다 훨씬 좁았어. 대신,
안에 작지만 독립된 주방이 있는 완벽한 개인실이더라고.
전체 면적이 좁아서 그런지 오히려 월세는 내 방보다
저렴하고. 내가 부럽다고 하니까 사마라가 학생지원센터에
가면 다른 크기의 방으로 바꿀 수 있는 신청 양식이 있다고
알려 주더라. 다음 날 함께 복지센터에 갔고 결국 사마라의
도움으로 신청 성공! ♫
센터에서 그 타입의 빈 방이 생기면 바로 알려 주겠다네. ♫

돌아오면서 사마라와 처음으로 긴 대화를 나눴는데, 놀라운
사실을 알게 되었어. 사실 누님께서 우리 학교의 오퍼를
받은 것은 이미 1년 전의 일이었다는 거야. 그러니까 다른
모든 학생들처럼, 지난 5, 6월에 오퍼를 받아 곧장 준비하고
베르겐으로 온 게 아니었어. 이미 작년에 올 수 있었으니
정상적으로 시작했다면 지금 석사과정 2년 차가 되어 있어야

하는 거지.
그럼 왜... 1년이 밀리게 되었을까...?

그건 바로, 그녀가 이란 출신이기 때문이었어.
이란은 아직도 해외 유학이나 취업에 대해 엄격하고 국제
사회에서 여러 제재가 진행 중이라 비자를 받기 위해서 1년
동안이나 이란 당국과 또, 노르웨이 당국과 복잡한 상황들을
해결하며 나름대로 분투했었나 봐.

중간에 답답해서 포기할까도 했었는데, 결국에는 거의 1년이
걸려서 이민국으로부터 비자를 받게 되었대. 당연히 이란
당국으로부터 해외 체류 허가도 받아 냈고.

1990년대 이전까지는 우리도 자유롭게 해외여행을 할 수
없었잖아? 여전히 학생 비자 발급 절차가 끝나지 않은
나지만 누님께 그 정도는 귀여운 문제였던 거지. 게다가
우리는 관광비자로 90일간은 별다른 제약 없이 유럽에서
체류할 수 있지만 이란인들의 경우는 일주일, 9일, 이런
식으로 방문 기간이 상당히 제한적이래. 나 같으면 진작에
포기했을 거라고 했더니 그냥 더 늙기 전에 뭔가 해 보고
싶었다네. 아, 그건 나도 그렇지.

알고 보니 사마라는 결혼도 했고 남편은 여전히 테헤란에
있더라고. 남편은 민주화운동하다가 투옥된 적도 있는데
혼자 공부하러 떠나는 그녀의 꿈을 전적으로 응원해 줬다네.

이런저런 얘기를 듣다 보니 나중엔 거의 울 뻔했어.
그냥 이 사람들의 인생이 너무 아름답더라고.
힘들고 외로운 상황 속에서도
꿈과 사랑을 간직한 아름다운 사람들.
그냥 그런 사람들이 보이더라고.
어쩐지 남편도 엄청 좋은 사람일 것 같아.

나는 상대적으로 매우 편안한 상황이구나... 하는 생각도
들더라. 왜 이런 건 꼭 나보다 어려운 상황에 처한 사람을
보아야만 느낄 수 있는 걸까?
TV에서 불행한 사람들의 이야기를 보아야만
나는 다행히 행복하다고 느끼는 것처럼.

여전히 바보네.

-나에게는 너무 넓은 학생 아파트에서-

오빠.

왔어요, 왔어요. 택배가 왔어요!

퇴근하자마자 너무 배가 고파서 빵 몇 조각을 허겁지겁 집어
먹고 택배부터 찾아왔어. 퇴근하자마자 우체통을
살펴봤더니 우체부가 두고 간 작은 종이가 있더라고.
거기에는 주소랑 이름, 바코드 같은 정보가 있는데, 이걸
근처의 택배 수령 장소로 가져가면 바코드를 삑! 찍고
내 택배를 건네줘. 택배 수령 장소는 거의 동네에서 가장
큰 마트에 딸려 있어. 나는 혹시 몰라 여권을 가져갔는데
가방에서 꺼내지도 않았어. 바코드만 확인하고 바로
찾아줬어. 나에게 온 택배를 찾는 이런 간단한 일도 익숙했던
도어-투-도어 시스템이랑 다르니 괜히 긴장되더라.

택배를 찾고 마트에 간 김에 장을 보고 있는데 지금 듣고
있는 위빙 코스의 담당 교수를 만났어. 이름은 엘라.
마침 엘라가 오늘 실기실에서 다른 학생들보다 먼저 도착한
나에게 말한 게 있었거든. 여기서는 학생들이 모르는 게
있으면 자기가 알 때까지 계속 질문하니 너도 혹시 모르는
것이나 이해가 안 되는 부분이 있으면 꼭 질문하라고. 그래도
괜찮다며. 내가 잘 모르는 부분이 있어도 일단은 넘어가고,
혼자 해결하려 하는 것처럼 보였나 봐. 이것도 문화적
차이인 것 같은데 그래도 모르는 부분이 있으면 자기에게
꼭 물어보고, 그때그때 해결하라고 얘기해 줬어. 고맙게도
말이지. 한국에서 온 택배를 찾아서 가는 길이라니까,
자기도 독일에서 공부할 때 집에서 택배 오면 너무

좋았었다며 그 택배가 얼마나 소중한지 안다고 뺨 인사까지
하고 헤어졌는데, 그래도 아는 사람이라고 밖에서 만나니
반갑더라. 사람이 사는 데 관계라는 것이 얼마나 소중한
건지, 참... 나도 여기서 조금씩 관계라는 게 생기고 있나 봐.

엄마가 보낸 택배 상자에 많은 게 들어 있던 건 아니었지만
택배비는 엄청 많이 나왔다네. 국제 배송은 정말 비싸구나,
비싸. 그래도 한국에서 뭔가 오니까 기분이 따뜻해지긴
하더라.

지난 주말에 엄마랑 좀 다퉜거든.
엄마가 내가 유학 중이라는 걸 자랑하고 싶었는지 카톡
프로필에 내가 여기서 보내 준 사진을 대문짝만 하게
올려놓은 거야. 얼굴도 나오고, 표정도 괴상해서 혼자 보라고
보낸 건데... 알지도 못하는 사람들이 나에 대해서 알게 되는
게 싫다고 볼멘소리를 좀 했더니, 그 후로 며칠째 연락이
없네. 그 당시에는 정말 짜증이 났는데 택배 받고 나니까
괜히 미안하기도 하고 그렇다. 엄마는 이렇게 나를 위해
이것저것 챙겨서 먼 곳까지 보내 줬는데.

하... 엄마는 나에게 도대체 어떤 존재일까.
사랑하지만 그만큼 미워할 수밖에 없는 그런 존재일까?
일단 서로 이해할 수 없는 건 확실해.
나이가 들면서 엄마랑 대화하는 게 제일 어렵다.
어렵다, 어려워. 정말.

엄마가 귀마개도 네 개나 보내 주었어.
오빠도 필요하면 얘기해. 나중에 가져다줄게.
이제 귀마개가 있으니 공사장 소음도, 롤란도의 노래도
두렵지 않아. 롤란도가 음악적 재능을 마음껏 펼치길! ♫
이 조용한 나라에서 귀마개가 필요할 줄은 몰랐는데.
인생은 역시, 알다가도 모르겠네.

학교 친구들이,

"아, 정말 오슬로는 맨날 공사 중이야."

이러더라고. 여기도 여기저기 개발이 진행 중인가 봐.
오늘도 오슬로는 공사 중.

내일은 우리 학과의 구성원 모두를 위한 수요 파티가 열린대.
그게 뭔지는 잘 모르겠지만
이번만큼은 나도 한번 가 봐야겠어.
생활비가 바닥나겠지만, 오랜만에 맥주 한잔 마시고 싶다.

-출출해진 속을 달래려 고민 중인 오슬로에서-

나리야.

난 처음으로 쌀밥을 해 먹기 시작했어.

같이 주방을 쓰는 독일 학생들도 모두 착하고, 호주에서 온
학생도 있는데 다 좋아. 반찬은 카레에서 벗어나기가 힘드네.
왜냐면 카레가 너무 편해. 아무거나 막 집어넣어도 카레가
되니까. 또 카레 가루는 어디서나 팔더라고.
이래서 글로벌 푸드가 되었나 봐.

학생 아파트는 생각보다 재밌는 곳이야.

우리야 최소 2년은 살아야 하지만 여기 사는 대부분의
학생들은 한 학기 교환학생으로 온 대학생들이라 에너지도
넘치고 방도 순환이 빨라. 식재료도 먹다 남으면 공용 주방에
두고 가는 게 다반사인데 독일 학생들이 냉장고 한편에 전에
살던 학생들이 두고 간 식재료를 아주 잘 정리해 두었더라고.
이곳에 꽤 오래 살았던 한 친구에게 듣기로는 지난 봄학기에
한국인 교환학생도 왔었다는데 그녀에게 배운 한국어라며,
뜬금없이 나에게,

"배———고———파."

이러더라.
한국에서 온 그녀가 이 말을 자주 했었나 봐.
그리고는 그녀가 남기고 간 식재료가 있다며 뭔가를
보여 줬는데…

충격의 '친환경 식품 전용 용기.'

여기서 한국어를 볼 줄이야...
그 안에 들어 있는 것은 고춧가루가 맞았어.
가루가 아주 굵은 것이 한국에서 쓰는 게 확실한, 그거.

그 독일 친구가 나보고 이거 가지라고 하더라.
자기들은 도무지 어떻게 써야 할지 모르겠다고.

고춧가루를 준 독일 친구에게 땡큐.
누군지 모를, 고춧가루 두고 한국으로 돌아간
그녀에게도 땡큐.

-17층 공용 주방에서-

오빠.

드디어 거주 허가증을 받았다!

오슬로 세무서에 가서 "거주 허가증이 올 때가 지났는데
아직 받지 못하고 있어요. 확인 좀 해 줍쇼!" 하니까, 그
자리에서 우편물 더미를 뒤지더니 툭. 꺼내 주더라.

'뭐야... 아예 안 보낸 거였어...?'

황당하면서도 일단 기분은 좋았어.

담당자 말로는 우편함에 내 이름표가 없어서 반송되었다고
하는데, 헐... 우편함에 제 이름표 두 개나 붙여 놨는데요...?

여하튼, 담당자는 무표정한 얼굴로 이제 은행이나 병원 업무
등 모든 것이 가능할 거라며,

"넌 이제 에브리띵 이즈 오케이야."를 연발했어.

"에브리띵 이즈 오케이, 에브리띵 이즈 오케이."

상당히 안심이 되었지만 아직 은행 계좌 만들기까지는 며칠
더 기다려야 해. 그래도 계좌만 트면 이곳으로의 짧은 이주를
위한 모든 일이 일단락될 테니 조금만 더 참자.

뭐 살 때마다 주섬주섬 현금 찾기도 이제 끝이다!

외국인으로 살아간다는 건 생각보다 귀찮은 일들을
견뎌내는 데 익숙해지는 과정이란 생각이 들어. 휴...

지난주엔 우리 학과에서 파티가 있었어. 결론적으로
이야기하면 역시 이런 종류의 파티는 내가 좋아하는
분위기의 행사는 아니란 생각이 들더라. 역시 난 소수 정예
파티가 좋은데... 사람이 많아도 너무 많아. 하하.

한국식으로 "아이, 왜 벌써 가려고, 더 놀다가아———!" 하며
잡는 사람도 없어서 나와 같은 뻘쭘한 처지인 신입생 리바와
중간에 스으———쩍 빠져 나왔어.
각자 알아서 하는 요런 쿨한 문화는 맘에 쏙 들어.

파티에서 느낀 것 중에 하나는 이곳 노르웨이는 무엇을
배우기에 참 좋은 나라!라는 것. 그리고 그런 이유로 한국과
다른 현상도 있구나... 하는 생각도 들었어. 나이에 상관없이
누구나 8년간은 고등교육을 받는 학생으로서의 혜택이
있고, 또 임금 격차가 적어 학교를 다니면서 단순한 알바만
해도 생활이 가능하니까. 스웨덴에서 온 간호사 겸 예술대학
학생, 멜라니의 표현을 빌리자면 이곳은 말 그대로 예술가로
생존하기 쉬운 나라라는 거야. 게다가 교육 방식이 우리의
그것처럼 가혹한 것도 아니니까 사람들에게,

'학교 = 파라다이스'

라는 인식을 가지게 한달까?

물론, 파라다이스 맞긴 맞는 것 같아.
파티에 참석한 많은 친구들이 공공연히,
"아, 평생 학생만 하고 싶다..."라는 얘기를 하더라고.
모두가 깔깔거리며 공감하고.
우리 전공에 있는 빅토리아처럼, 중년을 훌쩍 넘긴 나이에
학교로 돌아오는 사람들도 흔히 보이고.

그런데 사실 난 평생 학생으로 남고 싶진 않거든.
종래에는 소소하지만 만족스러운 내 '일'을 하며 살고
싶은데... '일'은 어찌 보면 인생에서 아주 중요한
부분이잖아? 그래서 그런지 학생만 하고 싶다는 이야기들이
조금 이상하게 들리긴 했어. 물론 노르웨이에서는 학생도
하나의 직업으로서의 의미를 가지고 있는 것 같긴 해.
프로 학생러 같은 건가...?

언제고 공부가 하고 싶어지면 학교로 돌아와 새로운 영역에
도전하면서 과거의 전공과 관련된 아르바이트나, 또는
평범한 서비스업 아르바이트로 생활비를 충당하기. 졸업
후에는 다시 새로운 직업에 도전해 보고, 그러다 나이가
들면 연금으로 생활하고. 놀라운 건, 그렇게 사는 게 실제로
가능하고. 어? 이렇게 적고 보니 괜찮은 것 같네?

배움에 장애물이 없다는 것은 상당히 부럽다.
근데 이게 진짜 좋은 건가...?라는 의문도 약간은 있어.
내가 만난 학생들이라고 해 봐야 잉여의 상징, 아트 스쿨
스튜던트들이 전부긴 하지만. 확실한 건 이곳에선 예술
학교가 작가 지망생들에게 아주 따뜻한 도피처가 되고
있다는 거야. 나도 여기 있는 동안만큼은 즐겨야지.

아, 따뜻한 우리 학교. ♨

-오랜만에 따뜻한 오슬로에서-

나리야.
곧 있으면 너의 탄신일이구나.
주말부터 베르겐에 비가 내리고 어두운 겨울이 시작될
거라는 전망이 나왔어. 그래서 그런지 이번 주는 이상하게
맑았다. 폭풍 전야인가.

"노르웨이에서는 비판적으로 행동하지 마라."
"노르웨이인들은 비판을 좋아하지 않는다."

이런 말. 여기 오기 전에 구글신이 보여 줬던 거 기억나?
역시 인터넷 검색 몇 번 해 보고 일반화하는 습관은 좋지
않아. 왜냐면 오늘 재밌게도 진지하게 비판적인 친구들을 두
명이나 발견했거든. 수업 중에,

"우리가 이렇게 오래된 논문들을 이렇게나 많이 읽어야
하는 이유가 뭐죠?"
"행복하게 써야 좋은 글이 써진다는대 솔직히 저는 지금
이 시간에 억지로 글을 쓰면서 행복하지 않아요."

이 둘은 평소에도 내가 뭔가 물어보면 항상 솔직하고
단순하게 대답해 주던 친구들이야.

"아, 그거 별로야."
"거기 가지 마. 진짜 최악이야."
"그 수업 듣지 마. 진짜 지루해."

솔직한 리뷰.
역시 무턱대고 일반화하는 습관은 반지성적이네.

같은 과정에 있는 친구들과 대화를 나누면서 조금씩 서로에
대해 알아 가는 것 같아. 오늘은 스웨덴에서 온 레나라는
친구와 이런저런 얘기를 했는데 알고 보니 이란에서 온
사마라처럼 나보다 나이가 많은 누님이더라.
아... 그러고 보면 나 진짜 왜 이렇게 나이를 따지는지...
여하튼, 그녀도 사마라처럼 좋은 디자이너이자 좋은
사람이란 생각이 들었어. 늦게 디자인을 시작했는데
스웨덴에서는 꽃집을 했었고 학교에서 꼬마들에게 꽃꽂이
수업도 했었다네. 어느 날 예술이 하고 싶어 늦깎이 대학생에
도전했는데 원래 하고 싶었던 건 입체미술 쪽이었대.
그런데 당시에 입학을 허가받은 학교는 딱 두 곳.
스웨덴의 한 대학의 조각 전공 과정.
그리고 지금 이곳의 시각디자인 전공 과정.

스웨덴에서 유일하게 그녀의 입학을 허가한 학교는 평판이
좋지 않아 그다지 내키지 않았대. 1년 후에 재도전해 볼까
생각도 했지만 늦은 나이에 자꾸 준비만 하며 시간을 보내는
것이 마음에 걸렸다더라. 그래서,

'노르웨이면 어때? 또, 디자인이면 어때?'

하고 이곳까지 오게 되었고.

그 후로 지금까지 적지 않은 시간이 흐른 거지.
그렇게 살다 보니 이제는 꽃집 주인에서
그래픽디자이너가 되어 버렸네.

이런 대화를 할 때마다 참...
사람 사는 곳은 다 똑같다는 생각이 들어.

왜 여기는 다를 거라고 생각했을까?
우린 다 비슷한 고민을 하며 살아가는데.

다른 건 하나 있지. 개인이 아니라 사회.
결국, 사회도 개인이 모여 만들어 가는 것이긴 하지만.
한국에서 30대 중반의 나이에 대학에 입학해 디자인을
공부하기 시작한다...
이거... 거의 불가능해 보이지 않아?
그 나이라면 빨리 돈을 모으고 투자도 해서
아파트를 마련해야 하는데.

아이고, 그 레이스에서 우린 이미 낙오자구나.

-폭풍 전야의 베르겐에서-

169

오빠.
셀프 생일 축하 편지입니다! 그라츌라르 메 다겐!
노르웨이어로 생일 축하한다는 뜻이야.

시간 가는 줄도 모르고 내 생일을 그냥 지나칠 뻔했네.
그만큼 내가 여기서 정신없이 지내고 있다는 방증이겠지?
예전에 리바와 서로 나이 얘기를 하다가, 자연스럽게
생일 얘기도 한 적이 있었는데, 리바가 며칠 전에 불쑥 내
스튜디오로 오더니 이번 주 토요일에 뭐 해? 하더라고.
당황스러웠어. 그때까지 까맣게 잊고 있었거든.
내 생일이라는걸.

오랜만에... 가 아니고 사실상 처음으로 주말에
친구들과 수다 겸 점심을 함께했어. 뭘 준비할까...
생각하다가, 만들기 쉽고 보기도 좋은 월남쌈과 쌀국수
사리를 넣은 한국식 라면. (이건 적어 놓고 보니 이상하네...)
그리고 계란찜까지. 거기에 리바가 생일선물로 구워 온
홈메이드 케이크로 생일상을 마무리했어. 월남쌈은 반응이
꽤 괜찮았고 쌀국수 사리를 넣은 정체불명의 라면은 내
입에도 별로였다는... 하하.

학교 얘기, 교수들 얘기, 전시 얘기 등등 수다 떨다 보니
네다섯 시간 훌쩍 가더라. 집에 갈 때쯤, 오늘 와 줘서 너무
고마웠다고 이야기하는데, 사실 좀 울컥해서 눈물병이 도져
버렸어. 참느라 애를 먹었네.

여기 온 이후로 불쑥불쑥 울컥하고 눈물이 올라오는 게,
아무래도 지금 심적으로 굉장히 불안정한 상태인 것 같아.
나 진짜 왜 이러냐... 물론 지금 같은 상황에서 평정심을
유지하는 것도 이상한 일이겠지만 말이야.

제대로 된 의자도 컵도 그릇도, 부족한 것투성이였지만,
그래도 난 오늘 누군가와의 관계 속에 함께 있었다는
것만으로 좋았어. 물론 다음주면 다시 각자의 위치에서
서로의 영역을 침범하지 않는 노르웨이 스타일의 관계를
유지하겠지만 말이야.

지난주 출근길엔 한국에서 자주 듣던 음악들을 들었어.
왠지 그 음악들이 듣고 싶더라고.
느즈막이 나선 참이라 햇빛도 좋고 따사로운데,
갑자기 너무 울컥해서 길 가다 또 눈물이 터져 버렸어.
안 좋은 일이 있었던 것도 아니고,
특별한 일이 있었던 것도 아니고,
몸이 아팠던 것도 아닌데.

아놔, 나 진짜... 왜 이러지?
그 음악 때문인가?

-배가 터질 것 같아 기분은 좋은 오슬로에서-

오빠.

겨울이 오고 있어.

어둠이 꽤나 빨리 찾아오는 걸 보니까.

무섭다. 벌써 겨울이라니.

뜬금없지만 무엇보다 자존감이 최고의 무기야.

"넌 굉장해. 최고야."

"여기까지 와서 이렇게 잘 해내고 있다니."

매일 이렇게 스스로에게 다짐하지만

여전히 언어의 장벽 앞에서 작아지는 나.

정말 하고 싶은 말을 자유롭게 하지 못하는 것.

그게 얼마나 답답한 일인지 여기서 제대로 느껴.

스웨덴과 노르웨이에선 자국어를 능숙하게 구사하지 못하는

사람들을 장애가 있는 상태로 분류한다네.

사회적 장애라고 해야 하나? 여기서는 나처럼 언어적인

어려움을 겪고 있는 유학생도 일종의 장애를 가진 사람으로

볼 수 있는 거지.

아, 답답하고 답답하다.

-벌써 추워진 밤의 오슬로에서-

오빠.

바쁘더라도 이것저것 꼭 챙겨 먹어.

오슬로는 이제 밤이 오는 시간이 무섭게 빨라지는 것 같아.

정말 무서울 정도야.

오늘은 호콘이랑 헨릭과 맥주 한 캔 했는데,

노르웨이 맥주, 꽤 맛있더라. 맥주는 확실히 유럽인가...?

물론 한 캔에 5천 원을 육박하면 당연히 맛있어야지!

호콘이 그러더라. 한국이 그립냐고.

생각해 본 적 없었는데, 생각해 보니 조금 그리운 것도 같아.

몇 안 되는 한국 친구들과의 속 깊은 대화나 오빠와 한가히

걸었던 한강 산책길이나, 치맥, 뭐 그런 것들 말이야.

이런 것도 향수병이라고 해야 하나?

한 번도 겪어 보지 못한 감정이라 뭐라 정의해야 할지

잘 모르겠다.

오늘은 그래도 햇살 좋고 공기도 꽤나 상쾌해서 기분이 조금

나아진 것 같아. 히히.

부스럭거리는 낙엽들 밟으며 걷는데

뭐가 머리를 툭! 치더라.

요 밤톨처럼 생긴 녀석이 바로 범인!

뭐가 그리 바쁘니?
마음 편히 가지고.
숨 한번 크게 쉬어 봐.
저 하늘 좀 봐.
계절이 바뀌고 있어.

이렇게 말하는 것 같더라.

덕분에 하늘도 좀 보고, 숨도 크게 쉬고 그랬어.
호콘이랑 헨릭이 이걸 심어서 나무로 키우자는데...
진짜 한번 시도해 봐?

-하늘을 보니 달 밝은 밤, 오슬로에서-

나리야.

오랜만의 편지네. 좀 바쁘게 지냈어.

지금은 오후 3시 정도.

최근에 근처의 한 지역을 기반으로 진행했던 프로젝트가
마무리 국면이야. 여기에도 희로애락이 있었는데 일주일
후에 다시 이번 결과물을 발전시켜야 할지도 모른다는
흉흉한 소문이 있어.

오늘 프로젝트를 마무리하면서 팀원들과 주말에 뭐 할 건지
이야기하다가, 난 딱히 할 게 없다... 여자친구는 오슬로에
있고... 하니까, 비다르가 조용히 다가와서는 오늘밤에 같이
영화나 보러 갈래? 묻더라. 쿨 가이의 친절을 거절할 순
없지. 정말 매사에 콘셉트가 확실한 녀석이야.
느긋한 레이드-백의 화신.

걱정할 만한 수준은 아니지만 다소 충격적인 소식도 있어.
지금 노르웨이 정치권에서 2015년, 즉 내년부터 비유럽권
학생들(스위스 포함)에게 등록금을 부과하는 것을 적극
검토 중이래. 오늘 스튜디오에서 모두 함께 관련 뉴스를
보며 열띤 토론이 이루어졌어. 찬성하는 사람은 없었지만
말이지. 우선 국회가 관련 예산 심의 절차에 있나 봐.
우린 작고 독립적인 아트 스쿨이라 이 사안에 대해 잘
몰랐시만 종합대학들에서는 이미 반대 시위에 참가하고
있는 교수들과 학생들도 있고. 뭐, 결과에 따라 스웨덴이나
덴마크의 전철을 밟을 수도 있는 거지.

"비유럽권 학생들에게 등록금을 받기 시작하면 노르웨이는
국제적인 재능들과 함께할 기회를 더 이상 갖지 못할 것이다.
이것은 장기적으로 우리 노르웨이 학생들에게도 손해다."
라는 진보 정당의 회의적인 시각이 주류고.

"그렇지 않다! 우리의 국제 학생들이 오직 등록금이 공짜기
때문에 노르웨이에 온 것은 아니다! 우리 교육의 퀄리티를
보고 온 것이다! 우린 그 돈을 다른 곳에 써야 한다."라는
보수 정당의 입장도 있나 봐.

우리 다락방 스튜디오가 워낙 글로벌해서 다들 여기 온
현실적인 이유를 말하게 되었는데, 솔직히 나도 무상교육이
이곳에 온 가장 큰 이유라고 말했고, 다른 국가에서 온
친구들도 대부분 공감했어.

"너무 걱정하지 마. 이건 말도 안 되는 X 같은 소리고 여론도
좋지 않아. 우린 누구나 평등하게 교육받을 권리가 있어.
그게 노르웨이의 기본 가치야!"

카밀라라는 친구가 해외에서 온 우리를 안심시켰어.
뭐, 언젠가는 스웨덴과 덴마크처럼 받아들여야 할 문제가 될
수도 있겠지? 다행히 우리는 피해 가게 될 것 같지만.
우리가 여기 오기 전에 노르웨이와 함께 고민했던 핀란드도
왠지 몇 년 안에 무상교육의 울타리를 EU라는 이름의
대문으로 걸어 잠글 것 같다고 조심스럽게 예측하기도

했었잖아?

하긴, 자국민이라도 무료로 고등 교육을 받을 수 있다는 게 어디야? 교육의 기회 앞에 국민 누구나 경제적으로 평등할 수 있다는 게. 우리나라는 지나치게 높은 대학 진학률부터 어떻게 해야 하겠지만.

어렵다. 어려워. 이러니까 유토피아가 없는 거야.

-다락방 스튜디오 토론 현장에서-

오빠.

시간 엄청 빠릅니다. 그죠?

비유럽권 학생 등록금 부과 얘기는 나도 들었어.

뭐, 당분간은 아니겠지만 우리도 빨리 결정하길 잘했네.

지난주 화요일엔 리바가 초대한 저녁 파티에 다녀왔어.

가을이 되면 갑자기 노르웨이 마트에서 양고기를 팔기

시작하는데 그때쯤이 바로 '포리콜' 시즌이라네.

포리콜이라는 요리 이름을 직역하자면

sheep in cabbage인데 양고기랑 양배추를 차곡차곡 넣고

큰 냄비째 최소 네다섯 시간 정도 푸욱 끓여서 삶은 감자와

함께 먹는 노르웨이 전통음식이래.

포인트는 약간의 소금과 통후추 팍팍.

노르웨이의 요리란 단순하지?

시식 평을 하자면, 건강한 포만감을 주는 양고기 요리?

근데 우리나라에선 양고기를 즐겨 먹지 않잖아. 그래서 난

양고기는 냄새가 나고 질길 거라고 막연히 생각했었는데

아주 부드럽고 맛도 괜찮았어. 저녁 초대에 대한 보답으로,

나와 호콘은 와인을 한 병 선물했고, 오로라와 빅토리아는

꽃을 한 다발 사 갔어. 식사가 끝나고 리바가 준비한

케이크까지 먹으면서 사성까지 시간 가는 줄 모르고 수다를

떨다 왔지 뭐야. 한국의 이상한 휴전 상황과 북한 얘기도

했다가, 무슨 다큐멘터리 얘기도 했다가, 요즘 오슬로에서

하고 있는 꽤 큰 전시 얘기도 했다가, 교수들 뒷담화도
했다가, 우리 졸업 전시에 관해서도 얘기도 했다가, 내
옆방에 사는 아마추어 가수 얘기도 했다가.

오빠도 느끼겠지만 머나먼 타국 와서 산다는 게,
뭐... 있겠어?
사는 동안 좋은 친구가 생긴다면 그게 남는 거지.
결국엔 사람이 가장 중요한 거 같아.

갑자기 얼마 전에 쿠사마 야요이 작품집에서 읽었던 인터뷰
대목이 생각난다.

당신은 아웃사이더였나요?

☞ 네.

당신에게 아웃사이더란
반드시 자랑스러운 단어가 되어야 할 것 같아요.
당신은 이제 더 이상 아웃사이더가 아니니까요.

☞ 사실 저는 학교에서 친구들과 어울릴 시간이 없었어요.
죽고 난 후에 내가 어떤 부류에 속하게 될진 알 수 없죠.
하지만 '아웃사이더'가 나쁘지 않을 것 같아요.

작가로서 자기 세계관을 갖추기 위해서
아웃사이더가 되는 거... 나쁘지 않지만
지금의 나에게는 관계가 더 중요한 것 같아.
여기서 아싸면 진짜 혼자잖아...?
이들이 아니면 내가 여기서 공부하고,
나름대로 치열하게, 또 즐겁게 살다 갔다는 거 누가 알겠어?

이곳에서 지내는 동안
아웃사이더와 인사이더 사이를 넘나드는
균형이 꽤나 중요한 과제가 될 것 같다는
생각이 드는 밤이네. ☯

-오전과 오후의 경계, 비 오는 오슬로에서-

나리야.
언젠가 문을 열고 밖으로 나가는 게 어색하지 않은 때가
온다면 그게 아마도 우리가 이곳에 적응했다는 신호일
거라는 말을 했었지? 난 오늘 그 어색함을 넘어 문득 비를
맞으며 페달을 밟는데 노래까지 흥얼거리고 있는 나를
발견했어. 아침부터 얼굴에 닿는 빗방울이 어찌나 상쾌한지.
나, 적응했나 봐. 비가 좋아졌다니. ☂

눈물이 많은 너는 여기서도 울보인 것 같아 걱정이야.
그래도 여기선 왠지 울어도 괜찮은 것 같아서 다행이야.
나도 가끔 모든 게 힘들어질 때가 있는데 그럴 때면 자기
최면을 걸어. 좋을 때도 있고 나쁠 때도 있고.
사는 게 다 그런 거라고.

그래도 여기 오긴 정———말 잘한 것 같아.
남을 신경 쓰지 않고 사는 법을 연습하고 있으니까.
좀 똑똑하면 이런 일까지 벌이지 않아도 스스로 터득하는
건데.

우리가 한국을 밖에서 바라보기 시작한 것처럼
우리 자신에 대해서도 배우는 시간이 되길 바라.
난 요 2년이 너의 인생에서 엄청 소중한 시간이 될 거라
믿어. 니도 이미 느끼고 있겠지만.

-이것저것 바쁜 일요일의 베르겐에서-

오빠, 오로라입니다!

삑! 사실 이 사진은 가짜 오로라입니다. 하하.
북극권 이북 지역에서 왔다는 리바도 깜빡하고 속을 정도면
꽤 오로라 같았다는 거겠지?
리바한테 갑자기, "빨리, 지금 오로라 보인다!" 하고 문자가
왔길래, 오밤중에 카메라 들고 열심히 사진을 찍고 있었는데
다시 문자가 왔어.

"야, 미안! 그냥 구름인가 봐." ☁

뭐 오로라가 맞건 아니건, 이제 해도 일찍 지기 시작했고
오후엔 꽤나 어둑어둑한 게, 겨울이 오고 있다는 걸 실감하고
있어. 어제는 눈도 왔으니, 말 다 했지?

베르겐은 날씨가 어때? ☂
듣기론 겨울에도 계속 비가 온다던데, 눈은 아직이지?

이번 주에는 노르웨이어 수업에 다녀왔는데 거기서 만난
건축학교의 중국인 유학생들이 나를 집으로 초대해 줬어.
그 친구들이 사는 학생 아파트가, 우와, 꽤 좋더라고.
학교랑도 가깝고. 또 무엇보다 중국음식!
그것도 지인짜 대에———박.
닭고기. 돼지고기. 소고기 요리, 미역국 비스름한 거에
밥까지 만들었는데. 역시... 요리는 아시아지!

알고 보니 중국 친구들 플랫에는 전공은 다르지만 우리
학교에 다니는 덴마크 유학생도 있었는데, 얘기하다 보니 걔
남자친구가 건너건너 아는 사람이더라고.
여기서도 세상 참 좁다는 말은 유효하네.

다음주에는 그 데니쉬 친구가 데니쉬 스타일의 초코 케이크
만드는 법을 알려 주기로 했어.
뭔가 달고 맛있겠지? 야호———!

아, 이래저래 재미난 일상이지만,
그래도 오빠가 너무 보고 싶다.
여기서 이렇게 뒤늦은 장거리 연애를 시작할 줄이야.
흙흙.

-비 내리는 하얀 하늘, 오슬로에서-

나리야.
어제는 구세군에서 운영하는 프레텍스에서 중고 점퍼를
샀어. 싼 가격에 득템! 꼭 필요한 건 아니었는데, 너무 마음에
들어서 작은 사치를 해 버렸네.
오슬로에도 프레텍스 매장 많지?

프레텍스 매장에 가 보면 늘 헌옷 기부 봉지가 쌓여 있어.
쇼핑하러 들어오면서 들고 온 헌옷 봉지를 입구에
놓인 컨테이너에 툭. 쇼핑과 기부를 동시에. 말 그대로
선순환이더라. 우리도 아름다운 가게 같은 곳에서 의류를
소비하는 사람들이 늘어나면 좋겠어. 새것을 만들려면
그만큼 생산과 유통을 위해 환경에 부담을 줘야 하잖아?

비에 강한 점퍼가 하나 있으면 좋겠다고 생각했는데
적당한 가격에, 겉감 소재가 무려 폴리아미드
100퍼센트더라고. 이게 뭘 의미하는지 아니?
폴리아미드 100퍼센트.
이 동네에서 입기 좋은 옷이라는 뜻이야. 프레텍스 최고.

오늘은 다락방에서 친구들과 이런저런 얘기를 하다가 내가
득템한 자전거 이야기가 나왔는데 베르겐에서는 자전거를
밖에 세워 두면 위험하다네. 자물쇠를 채워 놔도 밤이 되면
안장부터 타이어까지 다 분해해서 쓸 만한 건 몽땅 털어
간대. 핀란드에서 온 요우코가 핀란드에서는 절대 이러지
않는다고 불평했는데...

'어쭈? 나 핀란드 여행하다가 자전거 도둑맞은 적 있는데...?'

하고 속으로만 생각했어.

나도 길에서 덩그러니 앞바퀴 하나만 남은 자전거...
아니, 더 이상 자전거가 아닌 그냥 바퀴를 꽤 많이 봤어.
정직한 노르웨이인들... 아닌가?
난 이 현상이 좀 이해가 안 가더라고.
겪어 보니 실제로도 정직한 사람들인데.
하긴 돌아다녀 보면 마약중독자들도 심심치 않게 보이고.
누군가 그런 짓을 하는 사람들이 있긴 있겠지.
그래도 정직함이 이 사회를 지탱하는 중요한 가치인 것은
맞는 것 같아. 증세를 바탕으로 한 복지정책이 잘 작동하려면
세금을 납부하는 사람들부터 집행하는 사람들, 정책을
결정하는 사람들, 서로가 어느 정도는 신뢰해야 하고,
서로 신뢰할 수 있으려면, 정직하고 성실한 게 자랑스럽게
여겨지는 사회여야 하지 않을까?

정직하지 못한 것은 부끄러운 일이 되고 그것을 바탕으로
구성원 간에 최소한의 신뢰가 깔려 있는 사회.
그게 노르웨이의 정체인가?

그런데 자전거는 도대체 누가 분해해 가는 거지?

-비가 날아다니는 베르겐에서-

오빠.

프레텍스에서 득템한 걸 축하해.

난 생활비 좀 아껴서 거기서 노르웨이 전통 니트를 하나 사고
싶어. 듣자 하니 겨울에 무적의 아이템이래.

날씨에 따라 기분이 오락가락해, 그치?

난 요즘 스스로 반성할 게 하나 있는데.

나를 멀리 외국에서 온, 도와주어야 할 이방인이 아닌
사람 대 사람으로 대해 주길 원하면서, 나 스스로 타인을
대할 때는 그 사람의 국적이나 배경, 사용하는 언어 같은
걸로 구별 짓고, 보이지 않게 선을 긋고 있더라고.
이 자체적 모순을 스스로 깨닫는 순간 꽤나 창피했어.
기본도 안 되어 있는 녀석, 그게 바로 나였다니.

나 스스로 '난 참 괜찮은 사람'이라고 자부할 수 있도록 조금
더 성숙해지고 싶다. 나도 떠나 보니 한없이 부족한 나를
알게 되는 중인 것 같아. 그리고 잊지 않으려고 머릿속을
맴도는 이런저런 생각들을 여기에 남기고 있어.

긍정적으로 생각하자면, 아직 발전 가능성이 많다는 거?
아, 좀 성숙해져야지. 성숙해질 거야.

-차갑고 어두운 밤하늘, 오슬로에서-

오빠, 또 나의 편지야.

오슬로는 이번 주 내내 비가 왔어.

오늘은 학교에서 작업하다가 미얀마에서 온 청소 요정
아주머니께 주말에 청소하는 아르바이트를 구할 수 있을지
물어봤는데, 결과적으로 학교 청소 책임자의 전화번호까지
받았어. 그 아주머니는 영어를 못하고 나는 노르웨이어를
못하는데 3개월 남짓 체류하면서 배운 나의 짧은
노르웨이어에 손짓 발짓이 추가되니 소통이 되더라.
좀 신기하다 못해 웃겼어.

아줌마도 나도 빵빵 터지며 대화를 이어감.

여기서 청소 일을 하는 사람들은 거의 동남아시아에서 온
이민자들인 것 같아. 오빠네 동네도 그래? 막상, 그
아주머니가 알려 준 전화번호로 전화해서 "저는 이 학교
학생입니다만, 주말에 청소 알바 혹시 안 필요하신가요?"
하고 물어보려니, 솔직히 좀 꺼려지더라. 내가 청소하고
있는데 아는 교수나 학생들 만나면 좀 창피하려나...? 하는
생각도 들고.

아, 근데, 솔직히 그런 게 어딨어? 다 일인데?
한국에 있을 때도 그런 아르바이트는 얼마든지 했었는데.

여하튼 한동안 잔뜩 우울 모드에 푹 젖어 있다가,
이번 주 들어 겨우, 그 우울의 늪에서 빠져나온 기분이야.
긍정적으로, 밝은 기운으로 지내려고 노력을 했더니 기분이

많이 나아졌어.

아, 그런데 이런 걸 노력해야 하다니.
이게 다 험상궂은 날씨 탓인가?

쿵.

-후라이데이 나잇 파티의 괴성이 가득한 오슬로에서-

나리야.
갑작스러운 장거리 연애가 여전히 낯설지?
얼마 전 오슬로에 살고 있는 너에 대해 다락방 스튜디오
친구들과 이야기를 했는데, 대부분의 반응이,

"오, 둘이 함께 노르웨이로! 진짜 대단하다."
"그래도 오슬로보단 베르겐!"
"같이 살지 않아서 힘들겠다."
"그런데 왜 같이 살지 않는 거야? 왜?!"
"그녀도 우리 학교로 왔어야 했어!"
"한국에서는 같이 살았었어?"

이렇더라고.

예전에 '따루의 색다른 시선'이라는 프로그램, 같이 본 적
있잖아? 핀란드에서 온 따루 씨가 '동거'를 '사실혼'으로 바꿔
불러야 한다고 주장하기도 했었지. 한국에서는 동거라는
말에 어쩐지 부정적인 시선이 씌워져 있다고. 그때 따루
씨가 했던 얘기 중에, 아는 사람이 1년 만난 남자친구랑
결혼한다고 부모님께 말씀드렸더니, 핀란드 부모님 왈,

"같이 살아는 봤어?"
"살아 보고 결혼해! 나중에 후회하지 말고!"

라며 반대하셨다는... 그 충격적인 사고방식.

우리도 한국에 있을 당시, 같이 사는 걸 생각 안 해 본 건
아니잖아? 하지만 한국 사회에서는 이게 여전히 떳떳한
이야기도 아니고. (그놈의 성리학이 여전히 우리를 지배하는
건가?) 주변에서는 그냥 남들 하는 대로 결혼하는 사람들도
점점 늘어나고. 우리도 어느덧 어린 나이가 아닌데 다수와
다른 방향으로 움직이고 있다는 어쩐지 서늘한 느낌.
나 혼자만 다른 짓을 하고 있는 건 아닐까? 하는 불안감
같은 거. 나도 없진 않았던 것 같아.

예전에 본 '두 개의 선'이란 다큐멘터리 기억나?
너무 좋은 작품이었지. 마지막에 두 분의 선택도 충분히 공감
가고 말이지. 우리는 갑자기 생이별 중이긴 하지만.
그런데 웃긴 게 뭔지 알아? 여기서는 이렇게 은연중에
결혼을 의식하는 내가 또... 이상한 놈이더라고.

아, 난 어딜 가든 이상한 놈이네.

곰곰이 생각해 보니, 우리 다락방 스튜디오에 모여 있는
이런저런 전공의 20명 남짓한 대학원생들 가운데 나를
포함한 4명을 제외하면 모두 유럽권 학생.
16명의 유럽권 학생들 중에 정식으로 결혼한 친구는 단 1명.
그리고 이미 아이가 있는 친구는 2명.
여자친구나 남자친구가 있음에도 각각 따로 살고 있는
친구는 0명.
놀랍게도 사실이 이렇더라고.

내 또래인 한 친구와 이런저런 얘기 하다가 열 살 조금 안
되는 남매를 두고 있다길래, 나도 모르게,

"우와! 완전 귀엽겠네! 너 결혼했었구나? 몰랐어!"
했더니,

"아니? 우리 결혼은 안 했는데? 그냥 여자친구랑 같이 살아."
라길래,

"아, 음... 그렇지, 안 했지?... 그렇구나."
이런 거.

스웨덴 출신의 레나 누님도 이미 남자친구와 함께 살고
있는데,

"결혼?... 그거, 뭐 하러...?"
"아, 우리도 그런 분위기가 있긴 해. 특히 기성세대에서.
또 크리스천이면 많이 하는 편인 것 같긴 한데..."
"뭐, 교회에서 예쁜 결혼식 하잖아? 근데 대부분은 그냥
살아."
"나도 뭐, 생각 없는데?"
"어차피 사실혼 관계도 법적 지위는 결혼한 것과 같아."

이런 마인드.

레이드-백의 화신 비다르도 전에 같이 살던 여자친구가
있었는데 같이 살아 보니 너무 자기를 구속하고 감시하는
면이 많아서 결국엔 헤어지기로 했다더라.

여하튼, 그래서 여기서도 내가 이상한 놈이더라고.

"어이, 한국인! 사랑하는데 왜 같이 살지 않아?"

이놈들아. 난 동방예의지국 출신이다!
하지만... 고백하자면... 너네 좀 부럽네.

-오늘도 비 오는 베르겐에서-

나리야.

뻔한 얘기지만 시간이 참 빠르다.

크리스마스 브레이크 전에 제출할 것들이 많네.

너도 많이 바쁘겠지? 뭐 이것도 일이라고 생각하면 당연히

해야 하는 것들이지만.

오늘 문득 생각한 건데 학교에서는 늘 디자인은

크리에이티브 어쩌고 하지만, 실제로 학교는

크리에이티브한 사람들에게는 어울리지 않는 곳인 것

같아. 똑똑한 친구들은 학사 정도 하면 알아서 자기 갈 길을

찾아가잖아? 학사 학위조차 자신에게 큰 의미가 없음을

깨닫고 중간에 그만두는 사람들도 있고.

일단 디자인, 예술 쪽은 뭔가에 좀 미쳐야 수준 높은

결과물도 나오는 법인데 학교는 미친놈이 붙어 있기는 힘든

곳이거든. 미친놈이 어떻게 A4용지 12장 이상 되는 보고서를

쓸 수 있겠어?

난 여전히 비자 발급이 지연되고 있어.

조만간 답이 오겠지. 이제는 자포자기 상태야.

입국한 지 90일이 지났으니 사실상 불법체류의 단계에

접어들었다고 봐야 하나? 아싸, 난 불법체류자!

뭐, 학생지원센터의 임시 계좌로 내가 거지가 아님을

증명하기에 충분한 금액을 보내 두었으니 별일은 없을 것

같아. 그냥 여전히 노르웨이 은행 계좌를 만들 수 없으니

얼마 남지 않은 현금을 들고 다니며 때에 따라 주섬주섬
꺼내야 할 뿐이지.

우리는 이렇게 살다가 돌아가는 건가?
2년 뒤에 말이야. 내 고향, 혼돈의 꼬레아로.
아, 그런데 그게 요즘은 좀 그립기도 해.
당분간 코빼기도 비칠 계획은 없지만.

전에도 말했지만 나 비염도 다 나았어.
요즘은 내가 비염이란 게 있었나 싶어. 공기가 너무 좋아.
수돗물도 어쩐지 맛있고. 밖에 나가면 온통 산과 바다야.
여기도 분명 도시고 도시로서 기능하기 위해 필요한 것들도
다 있는데, 어떻게 이럴 수 있지?
이 작은 도시는 모든 게 딱! 필요한 만큼만 있는 느낌.

그런데 서울은 뭐가 그렇게 많이 필요할까?
하긴 서울 인구만 노르웨이 전체 인구의 두 배 가까이
되더라. 국토 면적은 북한과 합쳐도 노르웨이보다 턱없이
작은데. 그래서 어딜 가도 바글바글.
그게 한국의 매력인가 봐.

노르웨이는 인간으로 태어나 살아가기에 충분히 좋은 곳
아닐까? 솔직히 까놓고 말해서 말이지.
돈 벌러 오는 폴란드인들이 알고,
작은 도시와 자연을 꿈꾸는 우리가 아는 것처럼.

줄어드는 통장 잔고 탓에
미래는 점점 불확실해지고 있긴 하지만.

그런데 여기서 평생 살 수 있을까?

그건 솔직히 자신 없다.
왜일까...?
그게 나도 궁금해서 생각해 보는 중이야.

지금 고민한다고 답이 나오는 건 아니지만.
생각해 보니 넌 이사를 참 많이 다녔더라.
난 이제 유럽 나이로 32세가 되었지만
너는 여전히 20대인데.
울산 외곽에서 태어나 부산으로 고등학교를 다니고.
상경해서 성북구 정릉동을 거쳐 용산구 청파동으로.
다시 경상남도 거제시에서 서울의 마포구 성산동, 망원동을
거쳐 마지막엔 은평구 갈현동까지.

현재는 지구 반대편 오슬로에 살고 계시고.

우리는 언제쯤 어딘가에 정착할 수 있을까?

-후라이데이 나잇의 베르센에서-

오빠.
드디어 기다리고 기다리던 일자리 구하기 대작전을
본격적으로 시작했어! 두둥———!

#학교 리셉션 지킴이
리셉션 매니저에게 공석이 생기면 이야기해 달라고 했는데,
외부인들의 문의가 종종 있기 때문에 노르웨이어를 해야
한다고 하더라. 저 1년 동안 노르웨이어 열심히 공부할게요.
내년에라도 공석이 생기면 꼭 제게 알려 주세요오———!
해 놨음. 호콘이 지금 내 뒷자리에 앉은 석사 2년 차 학생이
졸업하면 곧 공석이 생길 거라고, 같이 가서 물어봐 주고
도와줬어.

#학교 클리닝 알바
일전에 미얀마 청소부 아주머니께 받은 매니저 전화번호로
문자를 남김. 학교 학생입니다. 주말에 학교에서 할 수 있는
일을 구하고 있습니다. 혹시 담당하시는 부서에 자리가
생기면 꼬옥——— 연락 주세요. 현재까지는 답장이 없음.

#오슬로 시내의 호텔 클리닝 알바
우리가 오슬로 도착해서 며칠 묵었던 호텔을 비롯해 몇몇
호텔의 리셉션을 돌면서, 저 청소 아르바이트 구하고 있어요.
여기 제 이력서! 하니까, 클리닝 파트의 매니저에게 전달해
준다고 하더라. 아직 연락 오긴 이른 거겠지?

당연히 당장 일을 시작할 순 없겠지만 그래도 일단 알바를
구하려는 노력을 시작했다는 것에 의의가 있을 듯.

근데 이력서 출력하느라 컴퓨터실에 USB를 꽂아 뒀는데,
저녁때 보니 깜빡하고 안 가져온 거 있지?
다시 가서 확인해 보니 당연히 없어졌고.
하하. 멍청이의 기회비용, 제대로네.

집 밖을 나설 때 아무런 느낌이 없다 못해,
칠칠맞게 뭘 흘리고 다니기 시작한 것으로 보아,
나도 이제 이곳 생활에 적응 완료!

-적응 완료한 오슬로에서-

JEG ER

OPPGITT = FED UP
SLITEN = TIRED
KLAR = READY
BLID = HAPPY (SMILE)
GLAD = HAPPY
SUR = GRUMPY
FREKK = ~~EE~~ CHEEKY
FORUNDRET = ASTONISHED /BAFFLED
OPTIMISTISK = OPTIMISTIC
PESSEMISTISK = PESSEMISTIC
SMART = SMART
SØVNIG = SLEEBY
FORELSKET = IN LOVE

LEAVE / STING
STIKKE - STIKKER - STAKK - HAR STUKKET

VÅKEN = AWAKE
TRØTT = TIRED
IRRITERT = IRRITATED

나리야, 해가 점점 짧아지고 있어. 너도 느끼고 있지?
오후 4시쯤 되면 이미 어두워지는 것 같아.
이게 오후 4시라니!
창밖을 보면 서둘러 집에 가야 할 것 같은데 시계를 보면
여전히 이른 시간이고. 당황스러움의 연속이야.
북쪽 나라의 겨울에 어서 적응을 해야 할 것 같아.
해가 너무 일찍 지니까 빨리 피곤해지는 느낌도 들고.
그래서 게을러지는 느낌적인 느낌.
확실히 겨울에는 할 수 없는 게 많겠더라.
분명 겨울에만 할 수 있는 것도 있겠지만.

이번 주에 있었던 세미나에서는 10분가량 발표를 했어.
처음이라 좀 긴장되기도 했는데, 어떻게 넘어갔네.

주중엔 다락방 스튜디오 멤버들 몇몇이 밤에 학교에 모여
맥주 마시면서 (팀 버튼의) '크리스마스 악몽'을 보자고
하더라. 갑자기 웬 크리스마스 악몽...?
그것도 다 같이 학교에서...? 우린 어른인데...?

호기심이 발동해서 가 봤더니 얘네는 11월이면 이미
크리스마스 모드로 전환해서 이것저것 크리스마스 분위기를
내는 데 열중하더라고. 이맘때쯤 예열을 위해 이런 거 한번
봐줘야 한다나.

아, 오랜만에 나의 지도 교수님도 만났어.

그녀는 터프하고 좋은 사람이야.
그간 진행된 프로젝트 얘기, 앞으로 계획, 여기서 어떻게
살고 있는지, 오슬로에 살고 있는 네 이야기, 이것저것
두서없이 대화를 나눴는데 굉———장히 좋았어. 재밌는
점은 그녀가 잉글랜드 출신이라 스칸디나비아 출신
선생님들에 비해 조금은 엄한 편이고, 그런 이유로 노르웨이
학생들은 그녀를 무서워하는 것 같았는데, 나에게는
그녀가 너무나 천사 같은 분이었다는 거지. 내 고향,
한국의 교수님들과 비교하면 칭찬도 잘해 주고 동기부여도
잘해 주던데. 여하튼, 영감이 충만해져서 돌아왔어. 진행
방향에 대한 자신감도 좀 생겼고. 아... 이런 게 이곳 교육의
힘인가...? 싶더라. 그녀도 조금 귀뜸해 주었는데 확실히
북유럽식 교육은 영국과 비교해도 다르긴 한가 봐.

얼마 전에 모니카라는 친구에게 학부 시절 네덜란드로
교환학생을 갔다가 겪은 일을 들었는데 그쪽의 교육 방식은
오히려 우리와 가깝더라고. 네덜란드 학교에서 교수와
이런저런 주제로 대화를 할 때면 모든 것이 단정적이고
비판적이어서 도망쳐 나와 울고 싶었대.
여기선 그런 방식은 옳지 않다고 생각하더라고.

모니카는 석사 1년 차 학생 대표라 일주일에 한 번씩 대학원
코디네이터를 만나서 앞으로의 일정부터 우리들의
자질구레한 불평까지, 학생 대표로 학교 측과 이런저런
사항을 조율하는데, 난 사실, 이런 방식도 놀라웠어.

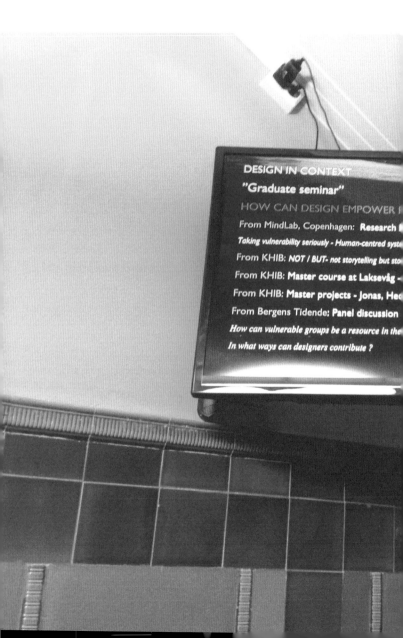

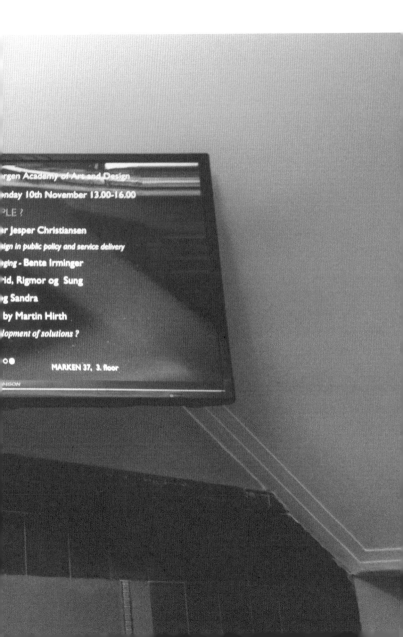

이게 바로 북유럽의 민주적 조합주의인가... 싶더라고.
학생들도 의사 결정에 참여해야 할 하나의 협의체인 거지.

이번 주에는 우리 다락방 스튜디오에 책상별로 개인 선반이
하나씩 있었으면 한다고 건의했어. 도서관에서 빌린
책을 쌓아 둘 곳이 없다, 수납공간이 너무 부족하다. 다들
불평을 좀 했거든. 아, 물론 나는 한국 학생답게 1도 따질
생각이 없었어. 위에서 내려 주시는 대로 쓰는 거지. 그런데
코디네이터에게 이야기하니까, 합당한 의견이고 바로
필요 수량 및 사이즈를 확인하겠다고 하더니, 다음 날 아침
이케아에서 선반이 도착!
아, 이렇게도 할 수 있는 거구나... 싶더라.

아이고. 이것도 다 세금으로 마련했을 텐데.
이방인으로서 정말로 감사 말씀 전합니다.

내가 발표했었다는 세미나가 끝난 후에도 세미나 진행
업무를 했던 교직원이 나를 포함, 발표한 친구들에게 메일을
보냈어.

"오늘 너희들이 좋은 발표를 해 줘서 나의 일이 정말 잘
끝났어. 정말, 고마워!"

학생은 학생의 일을 하고, 교수는 교수의 일을 하고,
교직원은 교직원의 일을 하고, 그래서 우린 평등하고.

어디서부터, 무엇 때문에 달라졌는지는 모르지만.
이건 그냥 정책 하나 가져다가
Ctrl C, Ctrl V 하면 될 문제가 아닌 거 같아.
그냥 우리는 서로 조금 다른 종류의 인간이라는 생각마저
든다.

다른 배경에서 성장한.
다른 문화가, 다른 생태계가 만들어 낸 다른 종.
결국, 진화의 문제네.

한국도 정말 이상한 나라고.
노르웨이도 꽤나 이상한 나라라는 생각이 드네.

결론은, 우린 이상한 나라에서 살고 있다.

-오후 4시 20분에 벌써 해가 진 베르겐에서-

오빠.

한 주 한 주, 진짜 너무 빠르게 지나간다.

나도 학기말이 다가오니까 시간이 광속으로 흐르네.

아———, 작가 지망생도 할 일이 진짜 많구나.

예전에 오빠가 보여 줬던 몰입의 심리학 그래프가 도움이

된 것 같아. 내 상태를 분석하기론, 지금 내게 주어진

과제들의 양이 이미 내가 관리할 수 있는 수준을 넘어서서,

나의 정신 상태는 '불안, 혼란, 흥분' 사이를 왔다 갔다

하는 중. 하... 심리학자들에게 뭔가 들켜 버린 기분.

어젠 리바랑 호콘이랑 이야기하는데, 둘 다 정신과 주치의가

있다고 하더라. 리바는 매주 한 번씩 상담을 받고 있고,

호콘도 필요할 때마다 상담을 받는다네. 정신과 진료

비용은 나중에 정부에서 모두 지원해 준다나. 그냥 정말,

맘 편히 가서 이야기하고 오고, 다녀오면 신기하게도

마음이 편해진다고 하더라고. 전문가들이라 마음속에

있는 응어리진 부분을 잘 찾아내서 진심을 털어놓을 수

있게 도와주고, 또 말하는 사람 입장에서는 정신과 의사가

일상생활에서 마주치는 사람이 아니다 보니 속마음을 더 잘

이야기할 수 있다는군. 정식으로 비용을 지불하고 그 시간을

사는 거라 생각하니 내 이야기를 들어 주는 것에 대해서

미안해할 필요도 없고.

사실 나도 요즘 정신과 상담이 필요하다고 느끼거든.

우울증은 아니겠지만, 시도 때도 없이 눈물이 왈칵 쏟아지는
왈칵 눈물병, 이거 때문에.

현대인들은 다들 정신병 하나쯤은 가지고 산다는데
이걸 대하는 태도가 사회에 따라 조금 다른 것 같기도 하다.
우리나라에서는 정신과에서 상담받는다는 게 아직은
보편화되지 않기도 했거니와, 주변의 인식의 문제와 더불어
만만치 않은 비용까지. 의사를 만나기까지 넘어야 할 것들이
많은데.

아, 부러우면 지는 건데 오늘은 좀 부럽다.

-눈 오는 낮의 오슬로에서-

오빠.

두둥———! 오늘은 결전의 알바 인터뷰 날이야.

우리가 오슬로에 도착해서 처음 묵었던 호텔에서

인터뷰하자고 메일을 받았는데, 하하, 벌써 일자리를

구한 것만 같아서 기분이 좋다. 호텔 청소 알바 면접은 뭘

준비해야 하지? 하하.

이건 며칠 전에, 호콘 뒷모습이 너무 웃겨서 찍은 사진이야.

전에 호콘이 자기 친구한테 텍스타일 전공한다고 했더니,

그 친구가 너 게이냐고 물어봤다네. 좀 웃프지만 우리는

성소수자들을 존중하고 남자도 아름다울 수 있다는 것을

보여 주기 위해서 호콘이 아름답게 보이는 사진을 찍으려고

노력 중이야. 이게 요즘 친구들 사이에 밈이 되어 가고 있어.

개그코드. #충분히 #아름다운 #호콘

그래서 준비했다.

최근 개그 시리즈 1. 웃을 준비해.

호콘: 한국, 중국, 일본 사람의 구분이 가능하긴 한

       거야? 전에 만난 싱가포르에서 온 친구가 볼이 좀

       핑크색이면 일본인이라던데...

나: 윗? 그게 무슨 소리야...

       그건 그냥 메이크업 아냐? 아마 너희는 구분하기

       힘들걸? 내가 노르웨지언, 스웨디쉬, 데니쉬 구분 못

       하는 것처럼.

호콘:　오, 그렇다면 내가 구분할 수 있는 팁을 알려 줄게!
　　　그건 생각보다 쉬워.

나:　하하, 뭔데?

호콘:　네가 누구랑 얘기하는데, 네가 전혀 이해 못 하는 것
　　　같아도 계속 지 얘기만 하고 있다면 그건 데니쉬야.
　　　특히 목에 감자가 걸린 것처럼
　　　"ㅇㄱㅇㄴ미아ㅓ ㄹㅁ;니악ㅋ쿠" 이렇게 발음하면
　　　데니쉬 99.9퍼센트. 그리고 제일 똑똑하고 고상해
　　　보이면 그건 당연히 노르웨지언이지. (☎ 여기가
　　　킬링 포인트) 그리고 옆모습이... 이마에서부터
　　　콧날이 일자로 떨어지면 그건 스웨디쉬일 가능성이
　　　높아. 우리 학과에 개 봤지? (속닥속닥) 걔가
　　　전형적인 스웨디쉬 외모.
　　　내 생각엔 스웨디쉬도 스타일이.... 뭐랄까...
　　　죄──── 끔 고상한 것 같아.

나:　음, 나 걔 콧날을 자세히 본 적이 없는데...

호콘:　오케이, 그럼 패스!
　　　마지막으로 파티에서 술 취해서 뻗어 있으면
　　　그건 100퍼센트 피니쉬. 이건 쉽지?

시리즈 2.

호콘: 너 그거 알아?
            블루 아이를 가지려면 부모님 둘 다
            블루 아이여야 해.

헨릭: 맞아.
            그래서 블루 아이를 가진 사람들은 그 혈통이
            스칸디나비아에서 쭈———욱 내려온 거라고
            할 수 있지. (호콘이랑 헨릭은 둘 다 파란 눈,
            내색하진 않지만 파란 눈 부심이 있음)

호콘: 만약, 엄마나 아빠 둘 중 한 사람이 브라운
            아이잖아? 그럼 한쪽은 블루, 한쪽은 브라운
            아이를 가진 아이가 태어나. (☞ 여기가
            킬링 포인트)

나: 아, 그래? 시베리언 허스키처럼?

호콘: (약간 당황했지만 직진) 어... 그렇지.
            사실 우리는 노르웨지언 허스키야.

-눈 내리는 오슬로에서 노르웨지언 허스키들과-

나리야, 드디어! 비자가! 발급되었어!
경찰서에 가서 거주 허가증도 신청했다!
으아———. 이제 곧 은행 계좌도 만들 수 있겠지? 흠흠.

어제는 레나랑 몇몇 친구들이 기획에 참여하고 있는
베르겐 아트북 페어 오프닝에 들렀는데 오래 있기가 싫어서
공짜 와인만 한 잔 마시고 돌아왔어.
순간적으로 기분이 굉장히 우울해졌어. ☂
학교 친구들이야 이제는 매일 얼굴 보고 편하게 이런저런
대화도 나누는 정말이지, 노르웨이에서 유일한 친구들이
되었지만 낯선 사람들을 만나는 것은 여전히 힘들어.
특히 이... 서양식 파티라고 해야 하나...? 이런 자리에
올 때마다 나 혼자 왕따 된 것 같은 느낌?
물 흐르듯이 자연스럽게 걸어 다니며 사람들과 어울려야
하는데... 이게 좀처럼 쉽지가 않네. 난 한국에서도 사교적인
편이 아니어서 그런지 큰 규모의 파티에 가면 도대체 어떻게
행동해야 할지 몰라 삐거덕거리기만 해.

안녕? 난 한국에서 온 누구누구야.
늘 똑같은 질문과 똑같은 소개.
더 나아가고 싶으면 나도 더 묻고 노력해야 할 텐데... 그게
좀 힘들 때가 많아. 쭈뼛쭈뼛한 상황의 연속.
노르웨이인들 특유의 차가움도 뭔지 알 것 같아.
친절한 사람들이지만 그 이상으로 쉽게 다가가기는
어렵다는, 외국인들 사이에 떠도는 그 이야기 말이지.

나 역시 처음에는 낯을 가리는 편이라 오히려 그런 면이 잘
맞지 않을까...? 예상했지만, 현실은 서로 낯만 가리다
끝나는 거지.
그래서 우리가 사는 세상에는 술이 필요한가 봐.

아, 또 지난 주말에는 특이한 경험을 했어. 이곳에 온 이후
처음으로 축구를 했지. 오랜만에 뛰니까 늙어 가고 있음을
체감할 수 있었지만 한편으로는 기분이 상쾌하고 좋았어.
뭔가, 살아 있다는 느낌적인 느낌. 같이 축구할 사람들이
있으면 좋겠다는 생각은 늘 했었는데, 우리의 다락방
디자이너들은 정말 예민하고 섬세한 사람들이라 기회가
없었거든. 그런데 우연히 길바닥에서 만난 사람들에게
대단한 용기를 발휘했지.
사건의 전말은 대충 이래.

1.   집 근처에 가끔 턱걸이를 하는 곳에서 운동 중인
        두 명의 노르웨이 청년을 만났다.
2.   형식적인 인사를 했다.
3.   약수터에서 단련된 턱걸이와 평행봉 운동을 하는데,
        오, 너 쫌 하는구나? 하길래 고맙다고 했다.
4.   그러다 스트리트 워크아웃의 세계에 대해 심도 없는
        대화를 니눴다.
5.   나는 대뜸, 그런데 혹시 너희 축구도 하냐고
        물어봤다.
6.   당연히 한단다. 그것도 매주.

7. 나도 껴 주면 안 되냐고 물어봤다.

8. 슈어. 와이 낫?
    바로 자기들 페이스북 클럽에 날 가입시켜 줬다.

9. 곧 페이스북에 공지가 올라왔다. 이번 주는 일요일.
    장소는 여기로, 몇 시까지.

10. 도착해서 낯선 사람들 15명 정도와 인사를 했고
    갑자기 게임이 시작됐다.

11. 브라질부터 노르웨이까지. 다양한 국적의 사람들이
    있었다. 아시아인은 나 하나.

12. 많은 애들과 통성명을 했는데 누구의 이름도
    정확하게 기억나지 않는다.

13. (큰비가 없다면) 다음주 일요일에 또 보자, 하고
    헤어졌다.

나도 어떤 면에서 대단하지 않아?
이게 뭐 하고 돌아다니는 건지 나도 모르겠다.
파티에선 그렇게 낯을 가리는데.
갑자기 어디서 이런 용기가 생겼을까?

때로는 모든 게 좋다가도
갑자기 마음의 문이 닫히는 것 같아.

-토요일 아침, 남은 밀가루 처리를 위해 빵을 구우며-

오빠.

오늘은 빗소리에 기분 좋게 잠에서 깼어.

어제 오빠의 편지를 보고 감정이 뭉글뭉글해져

결국 울어 버렸다. 그런데 그러다 또 웃어 버렸지.

이게 요즘 나인 것 같아.

때론 너무 확고하다가도 갑자기 무너져 버리고.

때론 너무 만족하다가도 갑자기 우울해져 버리고.

나도 나를 잘 모르겠다.

에이.

-비 오는 오슬로의 고요한 일요일 오후에-

나리야.

뭔가 격렬했던 한 주가 잔잔하게 마무리되는 느낌이야.

어쩐지 몸이 아파서 하루를 완전히 쉬어 버렸어.

뭐, 이런 날도 있는 거지.

대신에 몸도 마음도 아주 평온해졌어.

겨울의 오슬로는 눈이 많이 온다며?

여긴 아직 눈보다는 비인가 봐.

비구름이 무슨 이불처럼 하늘을 뒤덮고 있어. ☂ ☁

구름 뒤로 잠깐씩 신기할 정도로 깨끗한 하늘이 보이고.

대신 빗물이 고인 곳에 얼음이 얼기 시작했어. 가장 크게

느껴지는 변화는 역시 일조량이야. 해가 상당히 늦게 뜨고 또

엄청나게 빨리 지더라. 오후 2시 정도 되면 이미 어두워져.

아침에 학교를 가려고 나서도 한밤중에 길을 나서는

느낌이니 정말 몸이 어쩔 줄을 모르는 것 같아. 야! 지금

밤인데 왜 쉬지 않는 거야?! 생체리듬이 이렇게 소리치는

느낌이 들어. 왠지 조금씩 우울해지는 것 같기도 하고.

태양은 인간이란 동물에게 정말 중요한 존재란 걸 느껴.

드디어 빌어먹을 거주 허가증도 받았어.

정말 다시는 경험하고 싶지 않은 과정이었다.

내가 적법한 체류자임을 증명하는 아름다운 카드를 들고

바로 세무서로 달려갔지. 나! 이런 사람이야!

이제 외국인 등록번호만 발급되면 수주 내로 은행 계좌를

만들 수 있을 거야. 하나씩, 하나씩. 무슨 퀘스트 깨는 것

같네. 이민국, 경찰서, 세무서...

비자와 관련된 곳들은 정말 가고 싶지 않아.
일하는 사람들도 기계처럼 차갑고, 묘하게 사람을 억누르는
분위기가 있어. 이방인으로 산다는 게 유쾌한 일은 아니더라.
어느 사회에서건 소수로 산다는 건 말이지.
우린 한국 사회에서 우리가 소수에 속한다고 생각했고
그래서 늘 외롭다고 생각했었는데 그렇다고 내가 한국에
거주하는 것을 누군가로부터 허락받을 필요는 없었잖아?
사실 그런 면에서 그다지 소수에 속하지도 않았던 거지.

많이 배운다 정말.

어제 우리 다락방 스튜디오 식구들 가운데 가장 엉뚱한
녀석인 핀란드인 요우코와 북한 이야기를 하다가,

요우코: 핀란드도 6개월 의무적으로 군복무를 해야
　　　 하지만 내 경우에는 빠질 수 있었지. 정신과
　　　 의사에게 사실 난 약간 미쳤다고 이야기했거든.
　　　 그리고 그 진단서를 제출했어. 핀란드에서는
　　　 군대 안 가는 게 쉬워. 나처럼 하는 애들 많아.
　　　 정신적으로 불안하다고 하는 애들에게 총을 주면
　　　 사고만 치니까.
나: 　　 그건 한국에선 어려운 얘기지.
　　　 어쨌거나 휴전 중인 국가니까.
　　　 아, 그렇다고 매일 총알이 날아다니는 건 아니야.
　　　 그나저나 너 보고서는 잘 쓰고 있어?

요우코: 난 너희들처럼 학교, 프로젝트, 이런 것들은 별로
　　　　걱정하지 않아. 난 다른 걱정을 하지.

나:　　 그러시겠지.

요우코: 요즘은 진지하게 여자친구를 만들고 싶어.
　　　　오슬로에 가서 네 여자친구의 친구들을 만나 보는
　　　　건 어떨까?

나:　　 진지하게 물어보는 거야?
　　　　정말 그런 만남을 원해?

요우코: 아냐. 사실은 지금이 좋아.

나:　　 우리 학교에서 찾아보는 건 어때?
　　　　여기도 괜찮은 친구들이 많잖아?

요우코: 음... 우리 친구들은 영 별로야. 그건 싫어.
　　　　넌 보고서 잘돼 가? 뭐, 문제없어?

나:　　 나도 뭐 그냥저냥 하고는 있어. 공부도 이 긴
　　　　여행의 일부라고 생각하고. 요즘 걱정이라면
　　　　돈이 부족해서 술 마시기가 어렵다는 거?

요우코: 그 문제라면 난 이번 크리스마스 때 진탕 마실 수
　　　　있어. 핀란드에서 친구들이 코타를 빌렸거든. 걔넨
　　　　일을 하기 때문에 돈이 많지.
　　　　내 비행기 티켓도 대신 끊어 줬어.

나:　　 대단하네. 너 돈 떨어져서 신용카드를 쓰고 있다고
　　　　하지 않았어?

요우코: 엄마가 택배 상자에 현금을 조금 보내 주셔서
　　　　숨통이 트였어. 난 엄마를 사랑해. 내 축구화도 보내
　　　　주셨지. 이제 축구 함께 하자.

나:　　　그래. 큰 기대는 안 할게.

요우코와 하는 어떤 약속도 사실, 무의미해.
그는 보통 지키지 않고, 늘 깜빡했다고 이야기하거든.
노르웨이 친구들 얘기로는 요우코가 전형적인
핀란드인이라고 하던데, 우리도 핀란드를 여행했었지만
이런 엉뚱하고 웃기는 사람들이 사는 곳인 줄은 몰랐네.

역시 관광과 실전은 다르구나.

-학생 아파트 17층에서-

오빠.

이번 주는 이래저래 조금은 한국으로 돌아가고 싶은
한 주였던 것 같아. 그나마 서울 엄마께서 보내 주신
멸치볶음이 나에겐 커다란 위안이 되었다고 할까?

멸치볶음 따위로 위안을 받다니.
젠장.

하지만 멸치볶음은 정말 위대한 음식이야.

-오슬로의 겨울밤, 멸치볶음과 함께-

나리야.

드디어 17층 공유 주방에서의 생활을 끝내고 옆 건물
3층으로 이사를 했어. 핫플레이트 한 개에 소형 냉장고뿐인
원룸이지만 혼자서 쓴다는 게 이렇게 편한 줄은 몰랐다.
심지어 월세도 여기가 더 싸다니. 이 모든 게 사마라
덕분이야. 학생 아파트가 없었다면 우린 벌써 길거리에
나앉았겠지? 노르웨이 스튜던트 하우징 최고.

어제는 처음으로 도시락도 싸 갔어. 작지만 혼자 쓰는 주방이
있으니 확실히 편하더라고. 나름대로 관찰한 결과, 여기서
점심은 무조건 도시락이야. 따로 준비하기보다는 주로 전날
저녁에 남은 음식을 싸 오는 경우가 흔한 것 같고. 밖에서
사 먹기에는 너무 비싸서 그렇겠지? 싸고 맛있는 음식
천지인 한국이 그립네. 그래도 점심에 밥 먹으니 좋더라.
행복은 별거 아냐.

이번 주에는 종종 학교를 청소하러 오시는 청소부
아저씨에게 청소 아르바이트 구하려면 어떻게 해야
하냐고 물어봤어. 신기하게도 네 경우처럼, 미얀마에서 온
아저씨였는데, 뭐랄까... 전반적인 느낌이 굉장히 선하고
착한 분이거든. 자기가 일하는 청소 전문 회사 홈페이지를
알려 주고 이메일로 지원서 보내 보라더라. 그다지 멀지
않으니까 사무실 찾아가서도 한번 물어보는 성의를 보이는
것도 방법이라고 하고. 아직 노르웨이어 잘 못하는데
괜찮냐고 하니까 자기가 알기로는 직원들 중에 전혀 못 하는

사람들도 꽤 있다더라. 뭐, 가 보면 알겠지. 신청한 외국인
등록번호가 나오면 은행 계좌부터 만들어야 하지만.

파울의 스웨덴인 여자친구도 만났는데 알고 보니 너처럼
우리 학교 예술 전공 쪽 학생이었어. 이름은 기억이 안 나네.
파울이 전시차 서울을 방문했을 때 함께 왔었다는데 멋진
동네에서 몇몇 사람들과 저녁을 먹은 게 기억난대.
(이야기를 종합해 볼 때 부암동으로 추정.) 이후로는 서울역
근처의 호텔에서 며칠 묵다가 돌아왔다더라.

그녀: 서울은 정말... 여기와는 정반대던데,
       베르겐 마음에 들어?
나: 어... 글쎄... 뭐... 좋아.
그녀: 뭐야, 그게. ㅋㅋㅋ
나: 넌 여기가 좋아?
그녀: 난 여기 17살 때부터 살아서(현재는 30대 중반),
       이제는 편해. 난 노르웨이 자연이 너무 좋아.
       아름답지.
나: 맞아. 정말 극적이지.
그녀: 너 자전거 여행했었다며?
       나도 파울에게 스웨덴 가서 자전거 여행하자고
       졸라도 앤 질대 안 해.
파울: 나도 자전거 좋아해. 도시에서 탈 때만.
나: 핀란드는 산도 별로 없고 평지가 많아서 자전거
       다니기가 수월했는데. 노르웨이는 지형이 장난

아니잖아. 엄청 힘들 거야.

그녀: 핀란드? 풉.

네가 덴마크에 가 봤다면 그런 말을 할 수 없어.

덴마크는 가장 높은 산이 해발 30미터야.

나: 정말? 그게 가능해?

그녀: 약간 과장이긴 한데 정말 그 정도로 산이 없어.

노르웨이 사람들은 거기 산이 어딨어?

그냥 언덕이지. 이렇게 비꼬기도 하고.

그런데 서울은 정말, 너무 거대하고 뭐랄까.

여기와는 정말 다르더라.

나: 응, 알 것 같아. 네가 무슨 말을 하는지.

그녀: 넌 거기서 나고 자란 거야?

나: 그런 셈이지.

중간에 회사 일로 이곳저곳 다니기는 했지만.

나도 처음에는... 정말 모든 게 다르다고 생각했어.

그런데 지금은 그렇게 생각 안 해.

살아 보니 사람 사는 곳은 다 비슷하더라고.

겉보기엔 다르지만 알고 나면 확실히 비슷한 점도

많은 것 같아.

파울: 헤이, 친구. 그게 뭘 의미하는지 알아?

네가 이제 베르겐 라이프에 적응했다는 거지.

-트램 소리가 들리는 3층의 새로운 방에서-

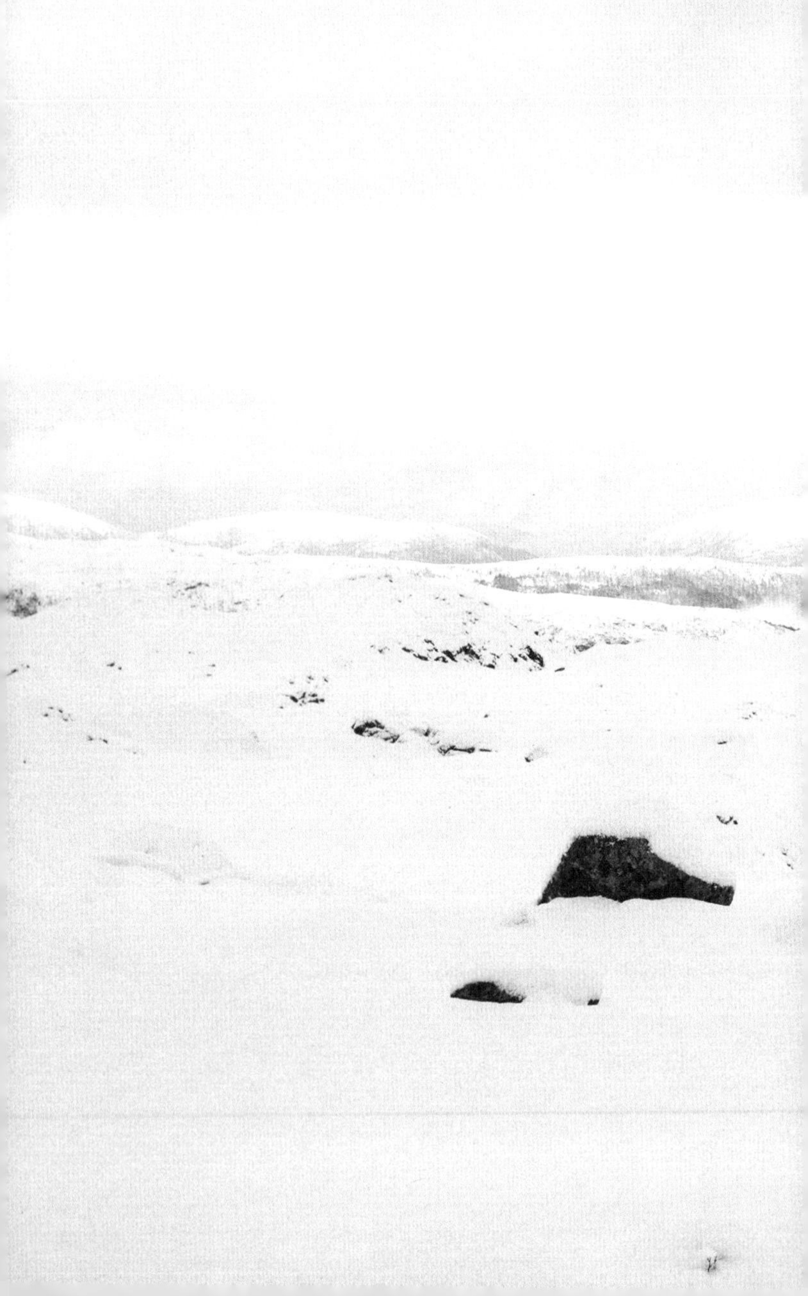

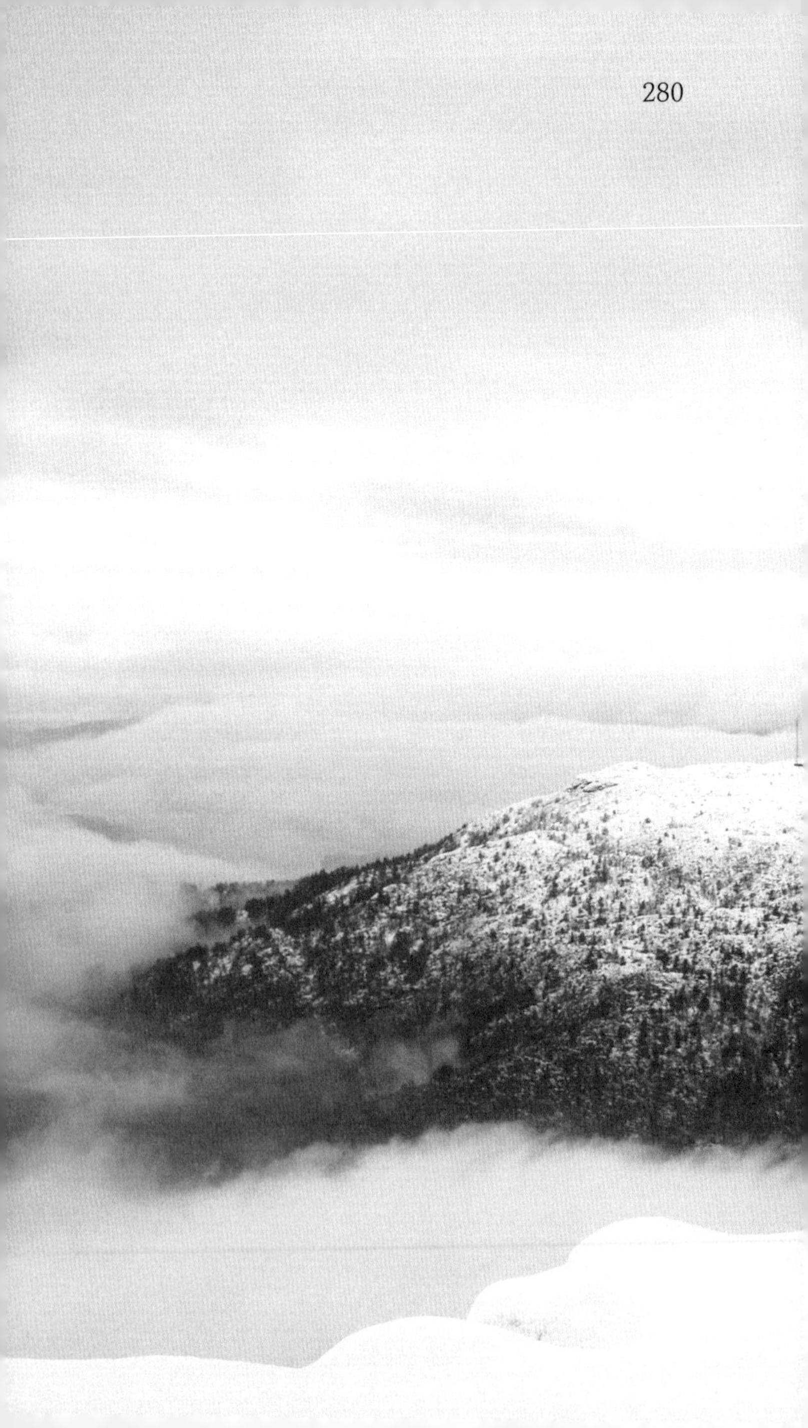

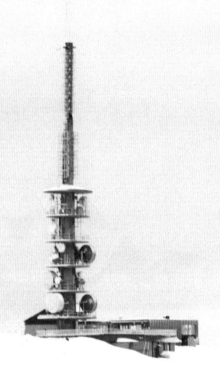

나리야.
짧지만 함께했던 크리스마스 브레이크가 끝나고 다시
개강이네. 스시집에 이력서를 넣었는데 아무래도 떨어졌나
봐. 아르바이트 구하기도 쉽지가 않네. 네가 호텔 청소
아르바이트 떨어진 게 이해가 된다. 나름 이곳에 온 이후
들어간 생활비를 감안해서 계산기를 두드렸는데 직장
생활하며 모은 통장 잔고가 야금야금 줄어들고 있어.
뭐... 어떻게든 되겠지?
우리보다 더 어렵게 유학하는 사람들도 많을 거야.

요즘은 노르웨이어 공부에 꽂혀 있어.
그동안은 짤막하게 배운 문장들로 노르웨이 친구들을 웃겨
주는 데 집중했지만, 이번 학기부터는 조금 체계적으로
공부해 보려고. 사실, 넌 이미 꽤 하길래 놀랐어. 난 멍청이
같은 농담 몇 개 아는 게 전부인데. 그래도 가끔씩 노르웨이
친구들에게 한두 마디의 노르웨이어를 구사하면 정말
감동하는 게 보여. 페이스북 클럽 공지에 노르웨이어로 짧은
댓글을 달면 밑에 하트가 터지기도 하지. 잘하진 못하더라도
가끔씩 존중과 성의를 보여 줄 순 있잖아? 어떻게 보면 한
사회를 이해하는 데 언어를 배우는 것만큼 좋은 게 없는데
말이지.

일전에 당인리 발전소 근처의 카페에서 엄마, 아빠와 함께
와서 주문을 하는 젊은 외국 사람을 본 적이 있는데,
종업원이 당연히 뭐 마실 거냐고 영어로 물어보니까,

"한국말로 해도 돼요."

라고 당당히 얘기하더라고. 어쩐지 멋졌어.
사실 그 정도야 어렵지 않잖아?

얼마 전에 엄마랑 문득 영상통화를 했는데,
엄마가 또 어디서 주워들으셨는지,

"내 친구가 그러는데,
노르웨이가 그렇게 살기 좋은 나라라더라."

그러시더라. 이어서,

"그래도 엄마 생각엔, 너는 내년에 학교 과정 마치면
돌아오는 게 좋을 거 같아. 너무 늦어서 돌아오면 그것도
곤란하지 않겠니? 한 살이라도 젊을 때 여기 와서 뭐라도
다시 시작해야지."

이러시더라.

틀린 말은 아니지.
나도 최근에 느끼는 것 중에 하나가,
"한국에서는 안 되고 여기서만 가능한 삶이라는 건 없다."
라는 거야. 그런데 그렇다고 엄마한테,

"알았어. 내년에 꼭 돌아갈게!"
라는 말은 절대 안 나오더라.

사실... 정말 돌아가고 싶어지면, 또는, 돌아가야만
하는 상황이 되면 돌아가겠지만 왠지, 지낼수록 여기가
좋아지기도 하고, 또 한국이 그리워지기도 하는 복잡 미묘한
감정이 뒤섞여서 잡탕이 되어 가는 것 같아. 한국 밖에서
조금 차분하게 한국을 바라보기 시작한 것도 있고, 나
스스로에 대해 더 이해하게 되는 것도 있고. 그래서 어제
네가 보내 준 'TED Talk (Pico Iyer: Where is home?)'가
마음을 울렸나 봐.

그거 보고 한참을 생각했다.
나의 집은 어디일까?

내가 태어난 곳, 내가 교육받은 곳, 내가 좋아하는 곳.
내 친구들이 있는 곳, 내가 미래에 가고 싶은 곳.
그런데 그런 거 말고
집은 그냥 지금의 내가 서 있는 곳이라네.

좋은 말이더라고.
내가 지금 서 있는 곳은 여기인데.

-다락방 스튜디오에서-

오빠.

다시 일상으로의 복귀네.

해가 너무나 일찍 사라져 너무나 늦게 나타나는 이곳.

북극권의 극야라는 게 궁금했었는데, 막상 겪어 보니

생각보다 무시무시해. 몸이 축 늘어지는 느낌에 잠잘 시간인

것 같아 시계를 보면, 겨우 오후 5시니 말이야.

오슬로에는 눈이 펄펄 내리기 시작했어. 예쁘긴 하다.

오늘은 오슬로 외곽 '쉬'라는 동네에 살고 있는 빅토리아가

저녁 초대를 해서 다 같이 그곳에 다녀왔어.

아———, 엄청 행복했었다? ♨

빅토리아가 살고 있는 마을은 아주 작은 마을인데

노르웨이어로는 [쉬]라고 발음하지만 우리가 일반적으로

알고 있는 '스키'랑 같은 어원이래. 레알 스키 마을.

늦깎이 대학원생, 빅토리아의 아빠도, 할아버지도 모두 그

동네에서 나고 자랐고, 현재 삼촌도 이모도, 언니도 여전히

차를 타면 10분 거리에 살고 있다네. 말 그대로 조상 대대로

같은 곳에서 살고 있는 거지. 우리나라로 치면 집성촌,

그런 건가? 하하... 그런데 도시와 가까운 곳에서, 도시를

오 가면서도 여전히 이런 형태로 살아갈 수 있다는 게 너무

신기했어. 삼촌이 감자 농사를 지어서 친척들이랑 1년 동안

나눠 먹고, 빅토리아랑 빅토리아의 언니는 사과나무를

키워서 사과 잼이고 뭐고, 이것저것 만들어 먹고, 남는 건

지역 시장에 내다 팔기도 한다네.
빅토리아는 자기를 촌구석에 사는 시골뜨기 아줌마처럼
생각할지 몰라도 빅토리아가 사는 모습은 내가 꿈꾸는
소박하지만 여유로운 삶과 닮아 있었어. 어떻게 사는지 슬쩍
구경하는 것만으로도 행복해지더라.

신기하지.
사람은 항상 자신이 가지고 있지 않은 것에 대한
환상을 가진다는 게.

노르웨이의 전형적인 농가주택은 우리가 상상했던 그 모습
그대로였어. 집 앞엔 논과 밭이 있고, 창고와 스튜디오로
쓰는 작은 공간이 딸려 있고. 가끔 창밖으로 사슴과 노루,
여우, 늑대가 오가는데 이번엔 집 주변에 찍힌 사슴 발자국을
보는 것으로 만족!

집 곳곳에는 노르웨이인들이 크리스마스를 어떻게 보내는지
상상할 수 있게 만드는 갖가지 장식품들이 있었는데, 진짜
벽난로와 맛있는 음식과, 와인과 초콜릿, 그리고 재즈까지.
따뜻하고 행복했어.

지난 학기 동안은 새로운 환경, 낯선 시스템, 또 오랜만에
돌아온 학생 라이프에 적응하는 것뿐만 아니라 실질적으로
해결해야 했던 일들. 비자, 은행, 집 관련 문제들로 사실은
몸과 마음이 꽤 긴장 상태였는데 크리스마스가 지나고,

더불어 친구들과 좋은 시간 보내며 새해를 행복하게 시작한 것 같아. 우리가 앞선 몇 년간 모아 두었던 얼마 안 되는 돈을 쓰기만 하는 이런 생활이 조금 불안하기도 하지만.
뭐 어쩌겠어? 유학이라는 게 그렇지.

지금은 미래에 대한 걱정보다 내가 할 수 있는 일들을 하면서 하루하루를 즐기는 게 더 가치 있는 일이 될 거야.

그건 확신할 수 있어.

충분히 내린 것 같았던 눈이 또다시 시작됐어.
끝도 없는 이야기들은 그냥 이쯤에서 접어 두고. 굿나잇!

-끝도 없는 눈이 내리는 오슬로에서-

나리야.

난 얼마 전 정기 세미나가 있었어.

목적은 다양한 과정의 학생들이 서로의 작업을 공유하는
것 + 학교 측에서 운영과 관련된 굵직한 사항을 학생들에게
설명하고 이해를 구하는 것. 참석 인원은 학부생부터
석·박사 과정, 교수 및 교직원까지. 이번에는 몇 년 뒤
이전할 새로운 학교 건물을 설계하고 있는 스네헤타라는
디자인 에이전시에서도 참석했는데 알고 보니 상당히
유명한 곳이더라. 전반적인 건축의 프로그램에 대해 설명해
줬는데 도심 이곳저곳, 고풍스럽지만 낡은 건물들에 흩어져
있는 학교의 기능들을 하나의 건축으로 통합할 모양인가
봐. 물론 이런 변화가 내키지 않는 사람들도 있는데 나의
지도 교수님도 일대일 면담 중에 은근한 불만을 드러냈어.
굳이 화려한 새 건물을 지어야 하냐, 아트 스쿨이라면 좀 더
과거와 현재를 연결하는 접근 방식이 필요한 게 아니냐는
취지로 이야기하더라고. 나도 맞장구를 쳤지. 맞아! 시내에
그런 곳들이 얼마나 많은데. 도시에서 밀려나고 있는 오래된
어업 시설과 공장이라든지! 뭐, 이런 불만과 관계없이 건축
프로젝트는 진행 중이야. 입주 시기는 몇 년 뒤라 나와는
그닥 상관없지만.

세미나에서 신기했던 건 학생 수가 워낙 적어서 그런지
다 모여도 인원이 그렇게 많지 않았다는 거야. 노르웨이의
전체 인구가 서울 인구 절반에도 못 미친다는 걸 다시 한번
실감했어. 디자인 계열 석사 1년 차 중에는 솔직함이 마음에

드는 란디와 내가 대표로 발표하게 되었는데 나름대로
열심히 준비했지만 역시, 중간중간 영어 기능 고장으로
머릿속이 하얘졌어. 란디의 유창한 영어가 없었다면 정말
힘들었을 거야. 영어가 억지로 느는 게 느껴지네.

신기하게 이번 주에는 3일간이나 비가 안 왔어.
비 안 맞고 걸을 수 있다는 게 이렇게 행복하다니.
하지만 오늘부터 다시 비 시작. ☔
사마라는 이란의 태양에 진심으로 감사하게 되었다는군.

지난주 파티도 꽤 재밌었어.
오랜만에 얼큰하게 취했는데 돌아오는 새벽에 비를 쫄딱
맞았지. ☔ 온통 비 얘기네. ☔
파티에선 아프리카에 스펙 쌓으러 자기들 돈을 써 가며
봉사활동하러 간 유럽 대학생들 얘기, 거기서 사자 돌본
얘기, 코끼리 돌본 얘기, 연애한 얘기, 일 얘기, 한국 얘기,
스웨덴 얘기, 마약 얘기 등, 버라이어티한 주제의 대화가
오갔어. 확실히 술은 참 좋은 도구야.

기분 전환 삼아 다락방 스튜디오의 자리도 바꿨어.
원래 내 자리는 구석이라 아늑하고 사적이었지만 창이
없어서 어두웠는데 꽤 좋은 자리를 쓰던 독일인 교환학생이
돌아가서 내가 그 자리를 차지했지. 창밖으로 베르겐의 상징
울리켄도 보이고. 원래 내 자리는 비다르가 잽싸게 차지했어.
자기 원래 자리가 화장실 옆이라 뻐킹 오줌 스멜이 났었대.

아, 웃겨 진짜.
"매———앤, 뻐킹 디스거스팅."
비다르와는 요즘 부쩍 친해져서 서로 비난을 주고받아.
물론 비다르는 정말 좋은 녀석이야.

오늘은 학교에서 흥미로운 소식도 들었어.
새로운 학교 건물을 짓는 계획과도 연결된 건데 이번 편지는
이 웃픈 이야기를 마지막으로 마칠게. 한번 들어 봐.

노르웨이 정부에서 우리 학교와 그리그 아카데미를 베르겐
종합대학과 병합하는 방안을 검토 중이래. '페르귄트'로
유명한 에드바르드 그리그, 그 이름을 딴 음대와 우리 KhiB
(베르겐 예술디자인 대학)가 베르겐 종합대학 소속이 되는
거지. 이유는 학생 1인당 훨씬 많은 돈이 들어가는 예술 대학
운영 비용을 줄이기 위해, 비교적 적은 예산으로 운영할
수 있는 종합대학과 병합해 교직원 수도 줄이고, 행정적인
비용도 절감하고, 보다 효율적으로 운영하겠다는 것!
노르웨이는 거의 모든 학교가 공립에 무상 교육이니까 사실
정부가 결정만 하면 모든 게 가능하잖아?

재밌는 건 우리 학교의 학생들은 대부분 극렬히 반대한다는
거야. 이유인즉슨, 우린 독립적인 아트 스쿨의 졸업생으로
남고 싶다는 거지.
우린 달라! 아무튼 다르다고!
우린 달라서 그들과 섞일 수 없어! 뭐, 이런 거야.

계획이 빠르게 실행되면 행정적으로는 내가 KhiB의 마지막
졸업생이 될 수도 있겠어. 의외로 절차가 어렵지 않은
모양이더라고.

수업 중에도 관련한 얘기로 갑자기 논쟁에 불이 붙었는데
오래전이지만 한국에 와 본 적 있다는 한 친구가 의외로
종합대학과 통합되면 장점도 있을 것 같다고, 병합에
찬성하는 의견을 피력했어. 아주 용감했지.
그녀 왈,

"무조건 반대할 건 아닌 듯해. 예를 들어 한국은 모든 대학이
종합대학인 것 같던데, 규모도 크고 굉장히 잘 운영되고
있는 것처럼 보였어. 다른 전공의 강좌도 수강할 수 있고.
대학교도 엄청 크고 체계적이었어."

그러자 애들이 일제히 날 쳐다봤고,
난 반강제로 참전하게 되었지.
교수님도 넌 어떻게 생각하냐고 물었어.
난 쭈뼛쭈뼛,

"아... 그래, 그건 그렇지. 우린 일반적으로 디자인, 예술
전문대학이 독자적으로 존재하지는 않아. 더러 있기도
한 것 같은데... 음... 대부분은 거대한 종합대학 안에서
단과대학으로 존재하지."

하자, 교수님 왈,

"그럼 어때? 종합대학의 거대한 시스템 안에 속하는 것과
현재의 독립적인 시스템, 넌 둘 다 경험해 보았잖아.
뭐가 더 나은 것 같아?"

"음... 암 낫 슈어..."
"솔직히... 뭐가 나은지는 잘 모르겠어."

그러자 또 다른 친구 왈,

"아냐, 알아도 말하지 마. 넌 지금 우리 편이라고."

-유니버시티로 통합될 운명의 KhiB에서-

오빠.
역시 베르겐에서 잘 해내고 있구나.
오빠의 적응기를 보고 있자니 내가 다 뿌듯하다.

어젠 그냥 느지막이 일어나 걸레 한 장을 빨아 잔잔한 음악과
함께 대청소를 했어. 느릿느릿 걸레질 후에 창가에서 한참을
멍하게 앉아 있었다. 햇살이 좋았거든.
이런 겨울에 창가로 비치는 햇살이 너무 소중하고 따뜻하네.

며칠 전에 그런 생각이 들더라.
인간은 항상 과거를 보거나 미래를 보며 살아가는 것 같다고.
그렇지만 우리는 현재를 보며 사는 거지?
현재에 아름다운 과거와 미래가 들어 있는 거니까.
말은 참 쉽다. 그치?

빅토리아의 집에 다녀오고 나서, 계속 드는 생각인데.
우린 언제쯤, 함께 정착할 곳을 찾게 될까?

어제는 소피아의 저녁 초대로 걸어서 30분 거리에 있는
소피아네로 놀러 갔다 왔어. 소피아가 준비한 맛난 음식들과
내가 들고 갔던 한국 영화, 소피아의 추천 영화, 음악과
맥주까지 실컷 먹고 밤 12시가 다 되어 돌아왔어.
그래서 오늘은 어쩐지 나른하네.
참고로 소피아는 영화광이야.
한국 영화에 대한 지식은 흠칫 놀랄 정도임.

소피아랑 대화를 나누다 보니 드는 생각들.

1.   학교를 마치면 우리나라, 꼬레아로 돌아가야 할까?
     아니면 노르웨이에 정착하기 위한 노력을 해야 할까?

2.   다른 나라에서 바라보는 우리나라의 대표 이미지들,
     선입견들, 이것들을 어떻게 봐야 할까?

2-1.   성형수술. 미의 기준은 무엇일까? 타고난 아름다움과
       내면의 아름다움. 수술은 개인이 선택할 문제지만 난
       어떤 입장을 가져야 하는가? 근데 이걸 왜 자꾸
       나한테 물어보지?

2-2.   한국 영화 속 어두운 삶의 단면들. 아름다운
       내러티브와 깊은 철학적 사유를 함의하지만 결국
       우울하고 잔인한 분위기로 귀결되는 어쩐지 불편한
       한국 영화들. 보는 내내 불편하지만 그 상황이
       공감되기에 더 불편해지는 진실들. 예를 들면, 영화 '
       시'나 '밀양' 등. 소피아와 보는 내내 마음이 너무
       불편함. 근데 명작인 건 인정.

3.   한국의 출산율은 1명 남짓. 출산율은 그 나라의 미래에
     대한 현재의 평가라던데. 이런 식으로 가다간 2050
     년이면 인구가 반으로 줄 거란 예측. 무엇이 그들의
     출산 의지를 꺾고 있는가? 젊은 세대로서 격공.

4.   K-pop. 엔터테인먼트를 넘어선 인간 상품화,
        성 상품화. 그래도 주류 문화가 되어 가고 있음.
        돈 잘 벌면 된 건가?
        K-pop은 대체 어디까지 확장할까?

답도 없는 수다와 생각만 많은 밤이었지.
이곳 오슬로는 이번 주도 내내 눈이 내렸어.
기온도 많이 떨어져서 영하 10도에서 영하 3도 정도를 왔다
갔다 하는 것 같아. 최근에 한 인도 철학자 아저씨의 유튜브
영상을 봤는데 흥미로운 제목에 끌렸어.

"The answer of your future is now."

과거는 현재고, 미래도 현재다.
그래서 삶과 죽음 모두 현재에 있다.

몇 년 전 우리가 썼던 핀란드 여행기 말미에 했던 말,
기억나?

"자신이 속한 현실의 무대가 별로 유쾌하지 않다면
그 현실의 무대를 한번 바꿔 보고 싶다."

나 요즘 그 해답을 찾는 중.

-한겨울의 한줄기 햇살, 오슬로에서-

오빠, 오늘의 대화야. (feat. 호콘)

호콘:　나리! 오늘 영하 8도래, 어때?

　　　너한테 많이 춥지?

나:　　아니? 이 정도면 괜찮아.

　　　요즘은 서울이 더 추운 거 같던데?

호콘:　아... 음... 진짜? 서울... 제법이네?

호콘이 어쩐지 실망하는 눈치였어.

노르웨이 사람들, 추위 부심도 있다니까?

추운 건 무조건 우리가 일등이야!

우리가 제일 춥다고!

그런데 그런 반응들이 어쩐지 재밌어.

아, 사실 한국은 추운 것뿐만 아니라 덥기까지 하잖아?

정말... 어떻게 그럴 수 있지?

제발 하나만 하지. 한국은 날씨도 극단적이야.

오슬로의 여름은 시원했었다고.

겨울의 기온은 오슬로가 더 낮은 경우도 많은데, 의외로

체감으로는 덜 춥더라고. 습도 때문일 거야.

하지만 앞으로 호콘에게는

"응! 여기 겁나 추워. 나 거의 죽을 지경." 하고 징징거려

줘야겠어. 겨울 왕국 노르웨이의 자존심을 지켜 줘야 해.

-너무 추워 죽을 지경인 오슬로에서-

나리야.

후아———. 벌써 2월이라니. 시간 참 빠르다.

이번 주는 눈이 엄청 온 데다 온도가 높아서 길바닥이 진창이
되었어. 오랜만에 일주일짜리 워크숍을 했는데 정신적으로
저엉말 빡세서 금요일에 마치자마자 모두들 거의 학기가
끝난 것같이 환호성을 질렀어.

하지만 정말 유익한 시간이긴 했어. 그건 인정.

저 큰 방에서 일주일 내내 아이디어 쥐어짜기 사투를 벌였지.

불과 며칠 전인데 지나고 나니 사진 속 추억이 되어 버렸네.

이 시간들도 언젠가 그렇게 추억이 되어 버리겠지?

요즘은 가끔 한국이 그립더라.

그냥, 퇴근 시간에 사람 많은 지하철도 가끔씩 그리워.

한국에 살 때는 내가 한국 사람이라는 생각을 한번도 해 본
적이 없는데. 여기선 다들 나를 한국 사람이라고 하니까,
그제서야, 아... 그게 내 정체성이었구나...라는 생각이 들어.

그러다 보니 밖에서 한국을 물끄러미 바라보게 되기도 하고.

밖에서 보니 우린 진짜 작고 힘없는, 휴전 중인 국가인데.

외국 나오면 애국자 된다는 게, 인정하기 엄청 싫은데...
일리 있는 말인 것 같아. 나는 욕할 수 있지만 너희는 안 돼!
이런 식의 복잡 미묘한 감정이 생겨나거든.

누군가 한국에 관해 물어보면 조금 더 잘 설명해 주려고 괜히
현대사도 공부하고. 그러다 나도 무언가 깨닫게 되고.

그래도 한국으로 돌아가게 되면
다시 신나게 우리나라를 욕할 수 있겠지?

뭐든 잘 먹는 게 우울증 예방에 좋대.
다락방 스튜디오 식구들에게 나 요즘 이상하게 우울하고,
잠을 자고 또 자도 피곤하고, 매일 아침에 일어나는 게
엄청난 도전이라고 했더니 다들 그렇다네. 이 회색빛 날씨
때문이래. 봄이 오고 해가 뜨면 좋아진다네.
당분간 비타민이랑 당을 섭취해 줘야 한대.
할 수 있다면 극악의 맛을 자랑하는 오메가3 범벅 피쉬
오일도 마시고, 일주일에 한 번씩 초콜릿도 꼭 사 먹으라고
하더라. 그게 도움이 된대.

웃기지만 그게 여기서 사는 방법인가 봐.

-이번 주 들어 처음으로 해가 뜬 베르겐에서-

나리야.
다시 금요일 밤이구나.
후라이데이 나잇, 학교를 떠나려는데 남아 있던 애들이
맥주나 마시자더라. 이번만큼은 "난 다음에———!" 하고
와 버렸어. 뭔가 귀찮은 데다가 사실은 돈도 없어서.

이번 주는 약 3일 연속으로 파란 하늘에 해가 떴어.
물론, 해가 중천으로 올라오지는 않더라.
명색이 태양이라는 놈이 지평선 옆에서만 알짱거리면서
그림자만 길게 만들다가, 또 금세 사라지고.
그런데 그조차 너무 소중해. 이런 계절에는.

전에 우연히 알게 된 스트리트 워크아웃 마니아 청년들이
주말에 시간 되면 공원으로 나오라고 페이스북 메시지를
보냈어. 매번 거절하기도 그래서 내일 낮에 함께 운동하기로
했는데, 이 친구들이... 사실 너무 강해서 부담스러워.
자꾸 나한테 이상한 동작을 가르쳐 주려고 함.
챙겨 주는 건 고마운데, 난 나약해서 거기까진 무리야.
이놈들아.

그리고 일요일에는 또다시, 축구가 잡혔어. 축구는 좋지.
알고 보니 내가 축구하는 장소가 베르겐의 지역 구단인
FC Brann의 홈구장 앞이더라. Brann은 소방수들이라는
뜻이야. 작년에 최초로 2부 리그로 강등되는 수모를 겪고는
지금도 거기서 허덕이고 있다네.

뭔가 이 멤버들 사이에서도 내가 좀 드문 경우라 모두가 말을
걸어 주는데 (종합대학 학생도 아니고, 나 홀로 아트스쿨에,
게다가 동양인) 특별히 친한 건 아니지만 같이 뛰다 보면
서로 깔깔거리고 그런다.
축구 끝나면 쿨하게 휙———휙 가 버리고.

오늘은 점심 먹으면서 스튜디오 식구들과 수다 떨다가
폴란드 노동자들에게 노르웨이 노동자들보다 적은 급료를
주는 문제에 대해 얘기했어. 그러다 인종차별을 주제로
대화가 이어졌는데, 폴란드에서 온 친구 얘기로는 폴란드는
인종차별이 장난 아니라더라. 늘 비슷한 사건을 저지르는
집단이 있고 그 사람들이 늘 관련 이슈에 등장하는데, 그
수위가 어———엄청 심하다네. 한번은 자기 지인들조차
너무 심하게 얘기해서, "너네 뭐야, 너네 네오 나치야?"
이러고 얼굴 붉히고 싸운 적도 있다네.

노르웨이 친구들도 질 수 없다며 우리도 은근히 심하다고
선의의 경쟁을 시작했는데, 특히, 기성세대 위주로 중동
출신, 어두운 피부색을 가진 이들에게 심하고, 이런 사람들이
노르웨이어를 하지 않으면 더 무시한다네. 우리의 부를 훔쳐
가려고 온 도둑놈들, 뭐 이런 논리. 도시 밖에서 유독 심한데
고향에 계시는 자기 할머니가 진짜 미치셨나 싶을 정도로
심하다는 애도 있었고. 그 외에 시내에서의 인종차별 목격담
등, 정말 차별의 유형도 가지가지. 버라이어티했음.

역시나 다음은 내 차례.
한국은 어때? 묻길래... 우리도 질 수 없지!
내 생각에는 우리도 상당히 심하다고 했어.
특히 노동자로 온 사람들에게 끔찍한 수준이라고.
우리도 심한 거 맞지?
누구도 아니라고 할 수 없을 것 같은데.

결론적으로 모두가 여기 스칸디나비아 정도면 그래도
괜찮은 편이라고 결론을 내렸어. 상대적으로 말이지.
물론 노르웨이 친구들은, 정말정말 심한 다른 곳과 비교해서
상대적으로 괜찮은 거지, 우리도 진짜 많은 문제가 있다며
극구 영광의 자리를 사양했어.

외국어도 제대로 못하면서, 험한 꼴 당하면서까지 해외에서
살아야 하는 사람들에게 국가란 무엇일까?
어디에도 속하지 않은 사람들. 국가가 도망쳐야 하는 곳인
사람들도 있더라고. 또 사우디아라비아 건설노동자셨던
아버지 세대처럼 잘 살아 보고자 외화벌이를 해야 하는
사람들도 있고.

진짜, 세계는 복잡하다. 복잡해.
알면 알수록 함부로 이야기할 수가 없어.

-쌓여 있는 설거짓거리들과 함께, 조용한 방에서-

오빠.

이번 주의 오슬로는 이래도 되나 싶을 정도로 날씨가 너무 좋아. 매일같이 눈부신 햇볕에다가 아름다운 석양까지. 어색하다 어색해.

어둡고 추운 겨울의 고비는 넘어선 건가? 출근길과 퇴근길의 거리도 조금씩 밝아지는 게 느껴져. 인간에게 일조량이 이렇게나 중요하다니... 겪어 보고 나서야 알게 되네.

지난주에는 연이은 수업들이 끝나고 다 같이 페페스 피자에 갔는데, 아놔... 저렴한 한국의 스쿨 피자보다 맛도 없고 양도 적은 피자 + 콜라 한 잔에 4만 원이라니... 진짜 너무 사악한 거 아니야? 피자는 진짜 마트에서 파는 냉동 피자 수준이었어. 한국에서 이 돈이면 얼마나 좋은 식사를 할 수 있을까... 이런 생각을 하며 먹다 보니 갑자기 열폭할 뻔... 노르웨이는 장점이 참 많은 곳인데 음식은 거기 속하지 않아. 미안하지만 이건 쉴드 불가.

여하튼 쓰라린 지출.

엎친 데 덮친 격으로 아이폰까지 고장이 나서 애플 서비스센터에 다녀왔고, 스크린 교체 수리 비용으로 2,800 크로네를 내놓으시라고(약 40만 원) 말씀하시길래, 겸손하게 고개를 숙이고 나왔어. 대신 자가 수리해 볼 요량으로 클라스 올슨 스토어에서 아이폰 수리용 드라이버 키트를 샀지. 아티스트의 섬세한 손길로 조만간 아이폰 수리에 도전하겠다!

아, 오빠.
이 시간들이 지나가면 빨리 같이 살자!
인생 뭐 있나 싶어.
형식이나 뭐 그런 게 중요한 건 아니잖아.

오늘은 침대로 따뜻한 햇살이 마구마구 들어오는 바람에
자고 또 자고. 고양이처럼 계속 잤더니 이제서야 배가
고프네. 그럼 이제 밥하러 간다! 뿅!

-겨울의 끝이 살짝 보이는 오슬로에서-

나리야, 이번 주에는 가슴 아픈 일이 있었어.
갑작스럽지만 사마라가 학교를 때려치우고 조만간 이란으로
돌아가기로 마음을 정한 것 같아.
항상 누나처럼 나를 챙겨 주고, 타국에서 마음을 터놓고
이야기할 수 있는 몇 안 되는 친구였는데, 너무 충격적인
이야기를 듣고 나니... 참... 속상하네.

요즘 안색도 별로고 다락방 스튜디오에도 잘 나오지 않길래,
어젯밤에 찾아가서 맥주 한잔하며 물었더니, 이런 생각을
하고 있었을 줄이야... 테헤란에 있는 남편과 상의 중이긴
하지만, 아마도 거의 돌아가는 방향으로 마음을 정한 것
같아. 사마라의 남편과 만난 적은 없지만 서로 이야기를
많이 들어서, 남편이 내 의견도 한번 들어 보라고 했었다네.
우린 이제 좋은 친구가 되었는데... 아쉽지만 노르웨이에서
그녀의 시간은 이렇게 끝나는 건가?

사마라가 여기서 살면서 생기는 이런저런 속상한
이야기들도 털어놨는데 사실 너도, 나도 늘 느끼고, 어제도
오늘도 경험하고 있는 일들뿐이라 더 마음이 아프더라.

사마라가 내색한 적은 한번도 없지만, 수업 때마다 은근히
이슬람 이야기를 꺼내는 사람, 이슬람 학생들이 많아지면
학교에 기도실을 설치해야 하지 않냐고 이야기하는 사람,
이란에서는 진짜 길거리에서 기도하냐는 사람 등 별별
사람이 다 있어.

사마라와 남편은 이슬람 신도도 아니고, 남편은 민주화
운동하다가 감옥도 다녀온, 사실 여기 있는 누구보다 깨어
있는 사람들인데. 솔직히 그런 거 물어볼 때마다 그 나라
사람의 입장에서 어떻게 기분 좋게 대답할 수 있겠어?
난 이슬람 아니야, 아니라고! 하고 끝낼 수도 없을 테고.
따지고 보면 페르시아는 아랍과는 여러가지로 분명히
구분되는 곳이거든. 종교도 조로아스터교가 훨씬 중요했던
시절도 있었고. 사마라를 통해서 이란의 현대사를 듣게 되면
정말 공감 가는 부분이 많더라고.

제대로 된 지식도 이해도, 과거에 대한 반성도 없이 세계를
자신들 편한대로 바라보는 무지한 인간들. 가끔 유럽이라는
곳에 대한 환멸이 느껴질 때가 분명히 있지.
나에게는 오늘이 그날이야.
일부긴 해도 모든 면에서 자기들이 우월하다고 믿는
종자들이 분명히 있으니까. 웨스턴 컬처 만세네!

그래도 여기 오기 위해 1년이나 기다렸고 정말이지 힘들게
갖게 된 기회잖아? 그 점이 더 속상하더라고.
하지만 한편으로는 용감하다는 생각도 들었어. 아무리
긍정적으로 생각하려고 노력해 봐도 학교라는 곳이,
학위라는 것이, 지금의 이 모든 것을 견뎌야 할 만큼 내
인생에서 가치가 있는지 의문이 든다더라. 무엇인가 시도해
보기 위해 1년을 참고 기다릴 수 있는 것도 용기지만 스스로
멈출 수 있는 것도 또한 용기잖아?

나 역시 이것저것 때려치워 본 사람으로서 말이지.
나도 가끔은 내가 여기서 지금 뭐 하는 건가 싶다가도
기왕 시작한 거, 그래도 끝까지 밀고 나가자고
스스로에게 다짐하고는 했었거든.
그런데, 사실은 사마라가 한 말도 다... 맞는 말이었어.

나는 이번 여름까지는 고민해 보고 결정해도 늦지 않다고
설득했지만 네가 꼭 떠나겠다면 그것도 너의 결정이니
존중하고 싶다고 했어. 아쉽지만, 혹시라도 그렇게 되면
언제고 꼭 다시 만나자고 이야기하고. 또, 그게 언제가 될까?
이야기하니 이내 웃음이 나오더라.

생각해 보면 사마라와 내가 친해진 이유가 우리가 같은
아시아 대륙에서 왔기 때문만은 아닌 것 같아. 아니 오히려
그 이유는 전———혀 아닌 것 같아. 난 중동에 대해서 정말
무지했고, 아시아에서 온 학생들이 사마라만 있는 것도
아니거든.

언젠가 우리가 테헤란으로 놀러 가는 날이 오겠지?
사마라가 남편과 함께 우리를 만나기 위해 서울로 올 수도
있고.

인생은 길고, 분명히 그런 날이 올 거야.

-비, 그리고 또 비가 내리는 베르겐에서-

오빠, 오랜만의 편지네.
요즘은 날씨가 좋아서 그런지 기분이 많이 괜찮아졌어.
매번 햇살이 좋으면 괜히 오빠에게 미안해지는 느낌은 뭘까?
베르겐 날씨는 진짜 좀 심하던데. 사마라 얘기는 어쩐지 나도
너무 슬퍼. 좋은 날씨와 대비되어서 말이지.

한국은 설 연휴였다니까 괜히 명절에 할머니가 만들어
주시던 음식들도 막 생각나고, 가족들도 보고 싶고, 한국
친구들도 생각나고 그러더라. 향수병이라는 게 진짜 있긴
한가 봐. 웃기긴 하다. 한국에 있을 땐 그렇게 본가에 안
내려갈 핑계만 찾아 놓고 말이야.

지난주, 오랜만에 리바를 만났는데 내게 책을 하나 건네줬어.
하일리 센서티브 퍼얼슨! 엄———청 예민한 사람.
일명 HSP에 대한 책인데 내가 시도 때도 없이 눈물이 툭
터져 나오는 게 조절이 안 된다고 투덜거렸더니 리바가
전에 봤던 책을 추천해 줬어. 자기한테도 도움 많이 됐다고
도서관에서 직접 빌려다 주더라고.
어쩐지 마음 써 준 게 고마웠어.
친구가 생긴 건가?

아마도 나중에 한국에 돌아가게 되더라도 분명,
그리워지는 '사람들'이 있겠지? 이 머나먼 곳에서의
인연이란 거. 이 시기에, 이곳에서 이런 사람들을 만나게
되었다는 게 참 묘해.

The
Highly
Sensitive
Person
How to Thrive When the
World Overwhelms You
Elaine N. Aron

겨우내 나를 힘들게 했던 생선 기름, 피쉬 오일.
드디어 오늘 끝장을 냈어.
몇 달 전 비타민 D 보충을 위해 한 병 샀는데, 하루에
한 숟가락씩 먹다 보니 드디어 오늘, 빈 병을 쓰레기통으로
보내 줄 수 있게 되었어. 피쉬 오일을 끝장 낸 소감을
말하자면, 먹어 보니 사람들이 오메가 3를 캡슐로 먹는
이유를 확실히 알겠더라. 이건... 매일 먹는다는 것 자체가
너무도 큰 고통이야. 북쪽의 겨울, 제한적인 일조량 때문에
비타민 D를 이런 식으로 보충해야 한다는 거... 머리로
이해는 되는데. 그래도 이건 태어나서 먹어 본 것 중에
최———악.

뭐 전통적인 방식이라니
한번 경험해 본 것으로 만족할래.

노르웨이인들은 정말 대단해.
미각이 마비된 것일까, 아니면 그만큼 어두운 겨울이
두려운 것일까?

-처음이자 마지막 피쉬 오일에게 안녕, 오슬로에서-

나리야, 기분이 좋아졌다니 다행이야.
어쩐지 우울한 나날들 속에 모처럼 즐거운 소식이네.
여기는 'KhiB Football Tournament'라는 작고 소박한 대회가
있었는데 나도 모처럼 축구하며 신나게 놀았어. 전공별로
팀을 짜서 참여할 수 있었는데 게으른 우리의 파티 피플들,
디자인 석사과정에서는 오직 파울과 나만이 참여했고,
인원 부족으로 고통받던 시각예술 석사과정 쪽 학생들과
혼성팀을 구성했어. 그래도 팀이니만큼 나름대로 서로의
장점을 살려 포메이션도 정했지.

난 오른편 공격 담당.
대단한 점은 우리 팀의 절반 이상이 30대 중반임에도
불구하고 강력한 전방 압박과 조직력으로 당당히 2위를
차지했다는 것!
결승에서는 연장 끝에 진짜 아깝게 졌어.
지금 생각해도 너무 아까워. 아———, 이길 수 있었는데.

아마도 오늘이 노르웨이로 온 이후로 가장 신나는 날이었던
것도 같아. 그만큼 많이 웃었어. 요즘 별로 웃을 일이
없었는데 말이지. 대회를 마치고 학교에서 마련해 준 피자랑
맥주를 배불리 먹었어.

그런데 말이야. 사실, 오늘은 문화 충격도 조금 받았다?
여기 노르웨이 여성들, 혹은 스칸디나비아 여성들?
정말... 너무 신기하더라. 전에도 너랑 얘기한 적 있잖아.

스칸디나비아 남성들이 좀 느릿느릿하고 느긋하다면
여성들은 신체적으로도 상당히 강하고 당당해서 매력
터지는 것 같다고. 우리 문화권에서는 보기 드문 유형의
사람들이 많잖아? 그런데 실제로 겪어 보니 진짜... 내내
벌어진 입을 다물지 못했어. 내색하지 않으려고 노력했는데
깜짝깜짝 놀랐던 순간들이 꽤 있었다. 팀은 무조건 혼성으로
구성해야 했는데, 어느 정도는 운동을 좋아하는 친구들만
와서 그런지도 모르지만, 어찌나 강력한지. 공을 뺏기면
아득바득 달려들고, 태클하고, 정말... 깔깔거리면서
말 그대로 미친 듯이 뛰어다니는데... 여성들이니 좀
살살해야지...라고 편협하게 생각했던 덕분에 앞뒤로
태클당해서 구르고, 난리도 아니었다.

오늘은 내가 가지고 있던 여성에 대한 고정관념이 완전히
박살 난 날이야. 박! 살!
함께 한바탕 즐겁게 놀고 나니 묵직한 깨달음이 온다.

남성, 여성이 아니라 먼저 사람으로 바라봐야 하는구나.
구별 짓기 전에 함께하는 걸 배워야 하는구나.
그리고 함께하면 재밌구나.
뼈저리게 느낌.
지난날의 나를 반성합니다, 진짜.

끝나고 우리 진짜 최고였어! 하면서 서로 어깨동무하고
빙———빙 도는데 무슨 챔피언스리그 우승한 줄.

웃긴 건 다시 옷 갈아입고 코트 하나 걸쳐 주니 다들 세상
쿨한 아트스쿨 힙스터들로 변! 신!

분명히 북유럽에서는 어렸을 때부터 학교에서 이렇게
서로 구분 없이 어울려서 놀았을 테고, 또한 그렇게 자라서,
이런 어른들이 되는구나, 하는 생각이 들더라.

넌 호리호리하고 약해 보여도 뛰고 땀 흘리는 걸 정말
좋아하잖아? 그걸 나랑만 해서 사람들이 잘 모르지만.
사실 우리는 함께 자전거 여행을 했고, 조깅에
스케이트보드도 탔고, 그것도 모자라 내가 선물로 축구화를
사 준 적도 있지.
아무리 봐도 너란 사람, 멋진 사람.

우리도 이렇게 어렸을 때부터 함께 뛰어놀며 자란 친구들이
있었다면, 여기까지 와서 뒤늦게 문화 충격을 받을 필요도
없었겠지? 아쉽게도 우리 세대는 그렇게 배우면서 자라지
못했지만 말이야.

앞으로는 우리나라도 좀 달라졌으면 좋겠어.
함께하니 좋잖아. 이런 건 정말 배워야 할 것 같아.

-챔피언스리그 준우승의 현장에서-

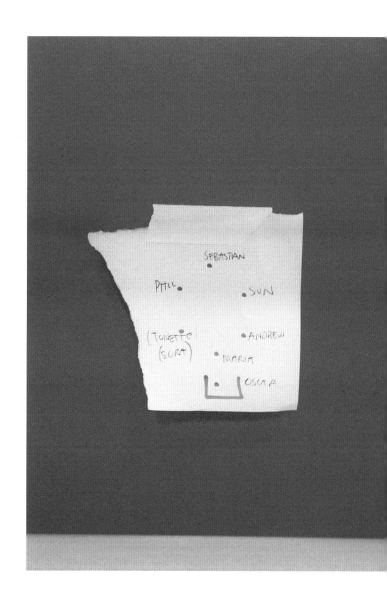

오빠.

나 진짜 힘들었어. 하하.

이번 학기의 큰 과제를 하나 끝낸 기분이다. 휴———.

같은 학교에 있지만 당최 무슨 작업을 하고 있는지 전혀
몰랐던 친구들도 많았는데, 이번 크리틱에서 보니 다들
나름의 주제를 가지고 열심히 하는 것 같더라. 맨날 놀기만
하는 것 같았던 애들이 멋진 결과물을 들고 나오는 걸 보고
속으로 흠칫 놀라기도 했고. 뭐, 각자의 예술이고 애초에
작업 주제도 너무 달라서 비교하는 것 자체가 불가능하지만
말이야. 그래도 이것저것 많이 배우고 느낀 것 같다.

어제는 리바가 잠시 맡아 주고 있는 친구의 고양이를
구경하러 오라고 해서 빅토리아랑 같이 리바네 갔다 왔어.
수줍은 고양이 녀석이 화장실에 들어가서 안 나오는 바람에
고양이라곤 꼬리도 못 봤지만 차 한잔에 수다 가득.
뭐 나름 재밌게 놀다 왔다.
웃긴 게 고양이는 끝까지 등장하지 않았어.
그쯤 되니 고양이가 실제로 있긴 했던 걸까? 싶더라.
고양이는 정말 특이한 동물이야.

지난주엔 겨우내 쌓여 있던 눈이 다 녹아 버려서 드디어 봄이
오려나? 싶었는데 오늘 다시 펄펄 눈이 옵니다.
눈도 리필이 되나 봐.
북쪽의 겨울이란 길구나... 정말.

그래도 해는 많이 길어졌지?
봄을 기다리자.
고양이랑 달리 봄은 얼굴 정도는 보여 주겠지.

-눈 오는 소리가 좋은 오슬로에서-

나리야.
어제는 예전에 우리에게 울 양말을 선물해 준 한나의 생일
파티에 다녀왔어. 아마도 여기 온 이후로 가장 많은 양의
술을 마신 것 같다. 기본적으로 깔고 가는 싸구려 맥주
여섯 캔에 요우코가 준 진토닉 몇 잔, 이름이 기억나지
않는 여성이 따라 준 위스키 몇 잔을 마시고 완전 꽐라가
되어 버렸음. 말이 많아지고 미친 듯이 웃고, 뭐 거기까진
좋았는데, 오늘 일어나 보니 숙취가 너무 심하다.
죽겠네, 진짜...

그런데 어제 재밌기는 했어. 그러니까 폭주했겠지.
술이 들어가면 더 친해지는 비다르와 스웨덴에서 온 레나의
남친이자 비다르의 베프기도 한 마르틴. 셋이서
낄낄거리면서 놀고 있는데 한국으로 교환학생을 다녀온
적이 있다는 한나의 친구가 갑자기 나한테 오더니,

"오빠, 안녕하세요!" 이래서, 웃음 폭발.
재미 들인 그녀가 "오빠, 안녕하세요!"를 남발하기 시작.
발음이 너무 정확해서 웃다가 숨넘어가는 줄.

우리 학교 학부생인 모나라는 친구도 알게 되었는데
알고 보니 모나는 한국계 입양아였어. 그래서 노르웨이
사람이지만 우리와 같은 생김새를 하고 있지. 몇 해 전에
친구들과 아시아로 배낭여행을 다녀왔대. 여행 말미에는
짧게나마 한국과 일본도 들렀고.

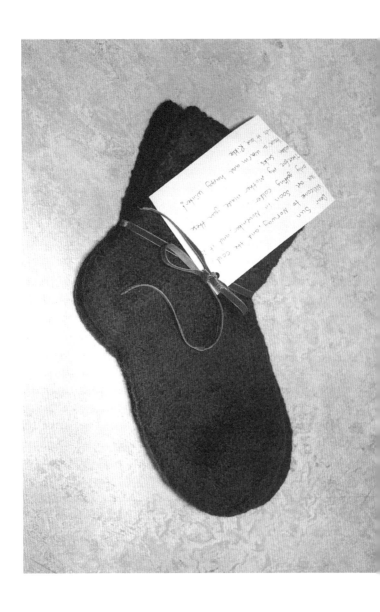

자기는 노르웨이인으로서 분명한 정체성을 가지고 있지만,
어쩐지 한국에 대해서는 좀 더 알고 싶다더라.
그런 감정을 느낀다는 게 신기하지 않아?

한번은 노르웨이 친구들과 서울에서 지하철을 탔었는데
같이 탄 친구들은 사람들의 시선을 한 몸에 받은 반면 한쪽에
서 있는 자기는 아무도 쳐다보지 않더래. 모나는 그냥 한국
사람처럼 보인 거지. 여기서 자랄 때는 늘 반대였는데.
사람들의 시선을 받는 건 늘 자기였는데.
그래서 뭔가 웃겼다더라고.

성형수술을 많이 하는 이유부터 시작해서 이런저런 소재로
한국에 대한 이야기를 나누다 보니 어쩐지 신기했어.
멀고 먼 타국 땅에서 한국계 노르웨이인을 만나서 이런
이야기를 나누고 있다는 게.

재밌는 건 한국에서 만난 사람들에게 자기가 입양아라고
소개하면 누구나 자기를 불쌍한 시선으로 쳐다보더라는
거야.

"아이고, 어쩌다가 어린 나이에..."
"아이고, 가여워라..."

이렇게 말이지.

"난 지금 행복한데?"
"난 그런 생각 해 본 적 없는데?"
"난 그냥 노르웨이 사람인데?"

이렇게 이야기해도 어느 순간 불쌍한 사람이 되어 가더래.
자기는 정말 괜찮은데 도대체 왜 그러는지 모르겠다더라.
나도 그러게... 그건 이상하네, 맞장구치고 돌아왔는데
오늘은 문득 의문이 들었어.

다른 생김새 때문에 자라면서 겪은 차별이나 정체성 혼란이
없진 않았을 텐데... 우리나라에서도 아이를 입양해서 키우는
문화가 활발했다면 해외로 아이들을 보내지 않아도
되었을까...?부터 시작해서 우리는 얼마나 많은 아이들을
해외로 보내고 있지? 또, 보육원에서는 얼마나 많은
아이들이 자라고 있지? 관련해서 통계가 있나? 국가가
그들을 지원하고 있긴 한가? 우리 땅에서 태어난 아이들을
꼭 이렇게 먼 곳까지 보내야만 하는 걸까...?
별별 생각이 다 들더라.

젠장.
어쩐지 나조차 모나를 가엾게 여기는 건가?
모나는 인생에서 실패를 걱정할 필요가 없는
복지국가의 국민인데?

-숙취로 고생 중인 불쌍한 나의 방에서-

오빠, 갑자기 봄기운이 완연한 주말입니다.

이젠 해가 꽤 많이 길어졌어. 일조량에 관해서는 여기도 한국 날씨처럼 중간이 없는 거 같아. 밤이 엄청 길었다가 갑자기 해가 엄청 길어지는 게, 의외로 변화는 딱 한순간에 찾아오는 것 같아. 얼마나 애타게 기다려 온 햇살인지!

공기는 쌀쌀하지만 다들 신발, 양말, 겉옷 다 벗어 던지고 잔디밭에 누워서 맥주를 먹는데, 그 광경을 보고 깜짝 놀랐어. 이게 바로 오로라가 말했던 스칸디나비아식 노상 맥주 문화, '우따필스'인가 싶더라.

"햇살 좋은 봄이 오면 여기저기 미친 노르웨이인들을 볼 수 있을 거야."
"여전히 추운 날씨지만, 반팔 티만 입고 밖에서 맥주를 마시고 있을 거거든."
"절대 놀라지 마, 나리. 그게 바로 우따필스야."

아마도 그런 의미에서는 이번 주가 봄의 첫 주말인 듯해. 잔디에 눕기 시작하는 사람들이 출현했거든. 우따필스 weekend. 주말에 나가서 꼭 맥주를 마셔야 한다나 뭐라나. 덩달아 기분이 들떴지만 난 아직은 쌀쌀해서 맥주를 마시더라도 침대에서 마시는 편이 좋겠어.

-잔디 대신 침대에 누워, 오슬로에서-

나리야.
주말에 딱히 할 일이 없어서 조용한 다락방 스튜디오에 앉아
논문을 쓰고 있는데 갑자기 레나가 남친 마르틴과
들이닥쳤어.

"어이, 주말인데 혼자 여기서 뭐 해?"
"아, 그냥 뭐, 논문 좀 써 볼까 하고."
"야, 주말이잖아! 오후에 우리와 함께 등산 갈래?"
"비다르도 올 거야."

그래서 갑자기 맑은 주말 오후, 등산 시작.
어쩐지 좋더라. 오랜만에 걸으니까. ☁ ☀
걸으면서 마음속을 떠도는 이런저런 이야기도 꺼내고.
아, 비가 없는 베르겐은 너무 아름다운 곳이야.
사람 사는 게 이런 거지.

레나의 남친으로 처음 알게 된 마르틴은 학부 시절 비다르와
매우 친한 사이였대. 지금은 근처의 에이전시에서
디자이너로 일하고 있고. 마르틴을 빼면 우리 모두는
대학원에 있지만 이 작은 베르겐의 디자이너들이란 모두
거기서 거기라 마르틴이 스쿨 파티에 온다고 해도 이상할 건
없어. 파티에서 꽤나 자주 만났는데 처음에는 몰랐지만 우리
셋 모두 또래더라고. 그래서인지 파티에서 만날 때면 폭풍우
치는 바다의 작은 보트처럼 위태롭게 이곳저곳을 떠돌다가
어느 정도 취기가 오르면 한쪽 귀퉁이에 조용히 자리를 잡고

서로를 불러.

"어이, 뭐 해? 이제 여기서 마셔야지!"

비다르와 마르틴은 어쩐지 나를 늘 챙겨 주는데,
공통점이 있나...? 생각해 보니, 셋 다 술을 좋아하고,
뭐, 키도... 비슷하긴 한데... 뭐랄까... 무엇보다
가치관이 비슷한 편이야.
늘 같이 다니던 둘 사이에 바다 건너온 내가 합류한 거지.
나도 조금씩 의지할 수 있는 사람들이 생기는 느낌이네.
이런 시간들이 그리워질 날이 분명히 오겠지?

행복한 하루야.
모든 행복은 관계 속에 있는 거니까.

베르겐은 비가 자주 와서 그런지 공기가 아주 좋아.
서울에서 자란 내가 꿈에 그리던 작고 아름다운 도시.
비만 적당히 오면 정말 축복의 땅인데.
좋을 만하면 여지없이 비가 내리지.

-오늘 하루는 아름다운 베르겐에서-

현재 많은 과제들로 심리상태가 삐삐삑! '불안' 존에 들어온
관계로 이번 주 편지는 생략할까 하다가, 그래도 자기 전에
노트북을 켜고 이렇게 편지를 씁니다.

이번 주 화요일은 오로라의 생일이었어.
나는 오로라를 위해 삼각김밥을 만들어 갔고, 추가로
한국에서 날아온 미숫가루 느낌의 곡물차 + 김 한 봉지를
선물로 줬어. 덕분에 나도 오랜만에 내가 만든 참치마요
삼각김밥을 맛나게 먹었고, 오로라가 구워 온 레알 스웨디쉬
글라드 카캬(초코케이크와 브라우니 중간쯤 되는 디저트)를
함께 나눠 먹었어. 캬———, 맛있더라!

관찰 결과, 여기선 자기 생일날 케이크를 구워 와서 다 같이
나눠 먹어. 생일은 케이크든 선물이든, 뭔가 받아야 하는
날이라고 생각했는데 나를 축하해 주는 사람들과 직접 만든
음식을 나누는 건 소박하지만 따뜻하고 좋은 문화인 것 같아.
이건 나도 배울래!

그리고 오로라의 음식 리뷰를 공유하자면,

"음, 솔직히 그 곡물차는 약간 먼지 맛이 나던데...?"
"음, 내 스타일이 아니었고.... 미안..."
"그런데 그 김은 원래 어떻게 먹는 거야?"
"난 그냥 먹었는데 감자칩처럼 바삭한 게 괜찮던걸?"

지난 수요일은 일식이 있는 날이라고 해서 엄청 기대했는데,
구름이 잔뜩 끼어 버렸어. 난 어차피 안 보이겠다는 생각에
일찌감치 학교 건물 안에 들어와 있었는데, 다른 애들은
밖에서 일식을 다 봤다더라고. 기념사진도 찍고.
구름이 있어서 오히려 더 잘 보였다나 뭐라나...
뉴스에서도 북극이랑 가까운 이쪽에서 더 잘 보였다던데.
실망이 크다. 일식을 볼 수 있는 기회를 이렇게 허무하게
날려 버리다니. 젠장. 역시, 난 스칸디나비아 초보였어. ◐

최근에 금세라도 봄이 올 것만 같아 한껏 들떴었는데 오늘
아침에 일어나 창밖을 보니 다시 거친 눈보라가 치고 있었어.
후... 겨울 다 지난 줄 알고 넣어 두었던 패딩을 다시 꺼내
입고, 눈보라를 뚫어 겨우 학교에 도착했지.

먼저 와 있던 오로라가 평온하게 말하더라.

"난 이젠 놀랍지도 않아."

-봄을 밀어내고 다시 눈보라, 오슬로에서-

오빠.
예전에 내가 학부에서 패션디자인을 전공하는 친구와
인사했었다는 거 기억나? 알고 보니 그 친구가 베르겐
출신이었다고 했었지. 그 친구 이름이 미아였는데,
미아에게는 한국에서 입양된 친구가 있다고 하더라고.
오늘 자기 친구 일로 나에게 이것저것 물어봤었어.

여기 와서 처음 알게 된 사실인데, 70, 80년대 한국에서
입양된 사람들이 이곳저곳에 은근히 많은가 봐. 오빠도
이미 만나 본 것처럼. 이것도 아픈 역사라고 할 수 있나?
아니, 현재도 진행 중일까? 기분이 이상하더라고. 여하튼
그 친구가 자신의 인종적 뿌리를 궁금해하는 건 어찌 보면
당연한 일인가 싶기도 하더라.

웃기지만 미아의 친구가 내가 어떻게 생겼는지,
자기와 닮았는지, 체격은 어느 정돈지, 키는 얼마나 큰지,
또 머릿결은 어떤지 너무 궁금해한다며,

"같이 셀카 찍어서 친구에게 보내 줘도 괜찮을까?"

물어보는 거야.
나야 물론,

"당연하지!"

하하.
나도 기회가 된다면 그 친구를 만나 보고 싶어.

미아는 이제 나의 최애 노르웨지언이야.
없어서는 안 될 친구가 되어 가고 있어.
학교에서 만날 때마다 너무나 반가운데, 또래라 그런지
성향이 비슷한 건지 뭔지 몰라도 나랑 비슷한 파장을 가진
사람인 것 같아. 최근에는 속 깊은 대화도 농담도
많이 나눠.

미아는 이 겨울에도 주말마다 바다 수영을 즐긴다는데...
그건 좀... 제정신일까? 싶다가도, 그런 그녀가
흥미롭기도 해. 노르웨이에서 겨울 바다 수영이란 어떨지
궁금하기도 하고, 언젠가 나도 한번 따라가 볼까 싶어.
심장마비 조심해야겠다.

벌써 크리스마스 연휴가 끝나고 3개월이나 지났네.
갑자기 시간이 너무 빠르게 지나가고 있는 것 같아.
한국이 그리워서 얼른 시간이 지나가 버렸으면 좋겠다고
생각하다가도, 빠르게 흐르는 시간이 아쉽기도 해.
복잡 미묘한 감정이 뒤섞인다.
정말, 우린 어떻게 될까?

-빠르게 흐르는 오슬로의 깊은 밤에-

오빠.
지난 금요일에 강연을 들었는데 주제가 2011년 오슬로
시내와 인근에서 벌어진 테러로 인한 참사 사건.
그리고 그 희생자들을 추모하기 위한 추모 공원
프로젝트였어.
노르웨이인들에게 여전한 충격으로 남아 있는 2011년.
그 사건이 많은 노르웨이인들에게 충격을 가져다준 건
사실인가 보다라. 강의 내내 옆자리 빅토리아는 표정이
어두웠고 간혹 눈시울도 붉어졌어...
많은 사람들이 죽었잖아...
아이들을 보호하려고 목숨을 던진 선생님들도 있었고.

나도 강연을 듣는 내내 마음이 편치 않더라.
우리가 노르웨이로 온 지난해, 한국에서도 세월호가
침몰했고, 너무 어린 학생들과 선생님들이 목숨을 잃었잖아.
마음이 복잡해져서... 나도 듣는 내내 힘들었어.

그 사건 이후 정부 주관으로 2013년부터 굉장히 빠르게 추모
프로젝트가 진행되었다는데, 결과물도 무척 기대가 되더라.
제출된 계획안들을 살펴보니 좋은 것들이 많았어. 사회에 큰
충격을 준 참사를 역사의 교훈으로 남기고자 하는 모습은 꼭
배워야 할 것 같아.

오빠, 그거 알아?
요즘은 9시가 다 되어서야 해가 지더라.

돌고 돌아 다시 백야가 다가오나 봐.
시간이 꽤 지났는데도 낮인 것 같아 시간을 보면, 이미 밤이
다가와 있더라고. 해는 여전히 창밖에 떠 있는데 말이야.

북쪽에서의 봄은 백야와 함께 오나 봐.

-이제는 여름을 기다리는 오슬로의 밤에-

오빠, 날씨 좋은 주말입니다.
날씨가 좋아도 너무 좋아요! ♬
어젠 리바와 미술관 데이트를 즐기기 위해 오슬로 중심가에
갔었어. 만나기로 한 시간보다 한참을 일찍 도착해서 혼자
근처를 어슬렁거리다 오슬로성에서 산책을 했는데
오슬로에서 산 지 꽤 오랜 시간이 지났지만 그렇게 남쪽까지
내려간 건 처음이었어.

오랜만에 탁 트인 풍경과 물을 보니 좋더라. 물을 보며
멍───을 때리고 있으면 어쩐지 마음이 편해져. ☁ ☀

오슬로는 서울에 비하면 엄청 작은 도시지만 그래도 한
나라의 수도니까, 또 베르겐만큼 작지는 않아서 내가 사는
아파트에서 중심가까진 6킬로미터 정도? 걸어서 다니기에는
의외로 꽤 큰 동네야. 언덕도 많고. 버스비는 비싸고
도보로는 한 시간 반 정도 거리라, 살아 보니 생각처럼
중심가로 자주 나가지지 않더라고.

아, 하지만 나에겐 킥보드가 있지!
전에 살던 학생이 학생 아파트 한편에 기부하고 갔는데,
내가 획득! 이거 꽤 요긴하더라고.
주말에 한번씩 타고 다니며 이동거리를 늘려 봐야겠어.

리바와 내셔널 갤러리에서 하는 두 가지 종류의 기획전과
상설전 모두 둘러봤는데 확실히 내셔널 갤러리 선시는

퀄리티가 좋더라. 이것저것 오빠한테 도움될 만할 것들도 있어 보여. 여름이 오면 오빠도 오슬로로 와서 같이 가 보자.

노르웨이 정책 중에 정말 마음에 드는 거 하나!
아트 스쿨 학생이면 국립 미술관, 국립 박물관 입장료가 무료라는 거. 생각해 보면 너무 당연한 거잖아?
작품, 전시를 보고 싶은 만큼 보면서 소양을 키우는 게 말 그대로 산 교육이니까. 우리나라는 우선 대학이 거의 다 사립에, 너무 많아서... 불가능하겠...지?
그래도 이런 건 우리도 고려해 봤으면 좋겠다.

전시를 다 보고 근처에 분위기 좋아 보이는 카페에서 커피랑 스콘, 시나몬롤도 때렸어. 가난한 유학생, 오랜만에 괜찮은 지출이었다. 히히.

내가 이곳에서 만난 친구들이랑 얘기하면서 우리와 가장 다르다고 느낀 점이 하나 있는데, 여기 애들은 '가능한 미래에 대해서 생각하지 않으려고 노력'하는 경향이 있는 것 같아. 물론 나도 그렇게 하려고 노력하지만 우리의 고향, 대한민국에선 그게 사실상 불가능하잖아?
너도 나도 걱정 많은 사회.

확실히 이곳의 튼튼한 사회보장제도는 사람들이 현재의 삶에 집중하고 현재의 행복을 즐길 수 있도록 해 주는 것 같아.

고학력자에 멋들어진 직업이 아니더라도
충분히 먹고살 수 있는 임금 수준도 그렇고.
교육비, 의료비 걱정 없는 것도 그렇고.

아, 오늘은 좀 부럽네.

그래서 오늘의 교훈.
행복하게 현재를 살자.

여기서 사는 동안만큼은 나도 현재에 집중하자!
끄응.

-갈매기가 날아다니는 창가, 오슬로의 작은 방에서-

나리야, 이렇게 또 한 주가 간다.
어제부터 비가 내리고 있긴 하지만 지난주는 맑은 날이
많았어. 아주 조금씩이지만 봄의 냄새가 나.
신기한 건 날씨 하나 때문에 너무 많은 게 바뀌고 있다는
거야. 갑자기 너도나도 축제 분위기. ♫
마트에 가도, 서점에 가도, 어딜 가도 무뚝뚝하던 사람들이
친절하게 웃으면서 인사를 해. 여기서 이런 경험은 정말이지,
처음이야. 갑자기 무섭게 왜 이럴까?

생각해 보면 우리도 지난겨울, 좀 우울했었잖아?
작년 겨울에 너에게 쓴 편지들을 보니 내용이 정말
우울하더라고. 타지 생활이 힘들다, 나는 왜 나이 먹고
이런 짓을 했을까, 등등.
근데, 알고 보니 그게 누구에게나 마찬가지였더라고.
이곳에서 겨울은 누구에게나 긴——— 터널.
지금은 그야말로, 계절도, 마음도, 봄.

오랜만에 만난 솔직한 그녀, 란디에게,

"란디, 나 요즘 뭔가, 내 인생이 전반적으로 다 괜찮다는
느낌이 들어. 논문도 잘 써질 것 같고. 뭐랄까, 노르웨이에
오길 정말 잘한 것 같아. 이거... 날씨 덕분인가? 기분이...
너무 오르락내리락이라 적응이 안 되네."

이렇게 얘기했더니 하는 말이,

"너 그거 알아? 누구도 이 거지 같은 날씨에 적응할 수 없어.
다 그냥 견디는 거야. 솔직히 나도 겨울에 모든 게
최악이었어. 내 프로젝트는 정말 쓰레기 같다는 생각이 들고,
그런 쓰레기 같은 프로젝트를 대학원씩이나 와서 하고 있는
내 인생도 처참하고. 근데, 요즘은 나도 꽤 괜찮네? 흐흐.
내 프로젝트랑 내 일상이 뭐, 그렇게 나쁘지 않더라고.
아니, 오히려 좀 멋진 거 같기도 해. 아, 내 말은 우리
중에 누구도 이런 겨울에 적응할 수 있도록 디자인되지는
않았다는 거야."

일상의 행복을 되찾아서인지 요즘 잔디밭에 나가 앉아 있는
날이 늘었는데 알고 보니 야외에서 술을 마시는 것은
노르웨이에서 금지라더라. 우따필스, 사실은 불법!
난 그것도 모르고 꽤 마셨는데.
티 안 나게 마시는 사람들도 있지만, 맥주 캔을 잘 보이게
놓지는 말라더라. 하긴 여긴, 공중 화장실도 없는데 맥주
마시고 소변 보고 싶어지면 그것도 난감하지.

이번 주에는 드로잉 수업에 참석했는데 이쪽 학생들이
무언가를 표현하는 방식에 정말 깊은 인상을 받았어.
좋고 나쁘고의 문제가 아니라 나와 너무 다르더라고.
북유럽의 어느 학교도 포토리얼리스틱한 페인팅이나
드로잉을 가르치지 않는다잖아?
전에 독일에서 온 작가의 강연을 들었는데, 독일에서도
그런 식의 교육은 거의 남아 있지 않다더라고.

그렇다 보니, 이 친구들에게는 그 알량한 기술이라고
할 만한 게 전무한데, 예를 들어 우리가 흔히 알고 있는
투시도법이나, 재료를 올바르게 쓰는 방법들, 그런 거 1도
모르더라고. 올바르게라... 그것부터가 예술에서는 이상한
말이지만.

난 오히려 그런 걸 모르는 게 부럽게 느껴졌어.
찢고 붙이고 불고 바르고 뿌리고,
우리는 흉내조차 낼 수 없는 이상한 짓들.
그리고 거기서 탄생하는 이상한데 묘하게 매력적인 비주얼.
재료의 올바른 사용?
현대미술에서 그게 무슨 소용이야?

한 친구가 너무 얇은 종이에 물감을 과하게 바르길래
아... 저러면 종이가 울어 버릴 텐데... 에헴, 이 친구.
종이를 다루는 기본을 모르는구면... 하고 걱정했는데
종이가 상해 버리자 갑자기 마음에 드는 부분만 오려 내더니
새 종이에 붙이고 이어서 그리더라고.
삑! 그건 반칙 아냐?
콜라주와 페인팅을 넘나들어?
페인팅으로 시작했으면 페인팅만 해야지!
그런데... 사실 종이는 한 작품에 한 장씩만 쓰라고 누가
얘기한 적도 없잖아?

"너, 이거 계획한 거야?" 물어보니까,

"아니? 그냥 이렇게 해 볼까 해서."

그렇게 탄생한 즉흥적인 결과물도 어쩐지 충격적이고
멋지더라고. 나는 나름대로 뭔가를 시작하면 틀이 있고
그 안에서 완벽한 무언가를 추구하는데...
또 그렇게 하도록 프로그래밍이 되어 있고.

난 아마도, 평생 거기서 자유롭지 못할 것 같아.
한국말을 잊어버릴 수 없는 것처럼.
이미 그게 나의 정체성이지.
적절히 섞이면 참 좋겠어. 많이 다른 그 두 가지가.

아, 첫 번째 개인전을 축하해.

-비 오는 토요일의 베르겐에서-

SCHEDULE

Ashley

cities one
me from

THEORETICA

오빠, 바쁘시지요?
비록 학교 갤러리였지만, 어제 나의 첫 개인전 오프닝이
무사히 끝났습니다.

보통은 주최자가 와인이랑 간단한 스낵을 준비하는 게 이곳
문화인데, 술은 너무 비싸고 난 가난한 유학생이니 간단한
차와 직접 만든 카나페를 준비해서 손님들을 맞았는데,
오신 분들의 반응은 색달라서 좋았던 것 같다고... 나 혼자
생각하고 있음.

학교 근처 다른 갤러리 두 곳에서도 한 시간 간격으로
오프닝이 있었던 덕분인지 내 전시에도 기대보다 많은
사람들이 왔다 갔던 것 같아.

휴———, 잘 끝나서 정말 다행이야.
이래저래 신경을 많이 썼거든.

따뜻한 봄을 넘어 여름 냄새가 아주 쪼금 나는 요즘인데 여기
햇볕은 우리나라와 달리 굉장히 강해서 꼭 선크림을 발라
줘야 한다네. 나 진짜 신경 안 쓰고 다녔거든. 최근에 여기
스칸디나비아에서도 피부암 환자들이 많이 늘어서 자외선
차단제 사용을 적극 권장하는 분위기래. 오로라랑 리바가
몸에도 꼭 바르라고 강조함! 나도 지난주에 날씨가 너무
좋아서 잔디에 잠깐 앉아 있기만 했는데, 팔이 붉어지더라.
10분 정도 앉아 있었을 뿐인데...

확실히 날이 좋아지니 어딜 가도 사람들이 많아졌어.
겨우내 방에 숨어 있다가 한꺼번에 쏟아져 나오나 봐.
생각해 보니 나도 그랬던 것 같고.

북극권의 겨울과 여름은 참 극과 극입니다.
오빠도 선크림 잘 챙겨 발라!
선선해도 햇살은 우리나라보다 강하니까. 알겠지?

-자외선 함유량 높은 봄날의 오슬로에서-

나리야, 오랜만의 편지지?
네 얘기처럼 정말 여름이 다가오나 봐.
사람들의 얼굴에 설렘이 번지고 있어. ♫
아마도 휴가 때문이겠지?
여기서는 여름휴가가 짧아도 2주는 된다고 하더라고.
직장마다 조금씩 다르지만 연차 같은 다른 휴가와 합치면
3~4주가 되는 경우도 흔하다네.
노르웨이에서는 일이라는 게 할 만하다는 생각이 들어.

저 하얀 강아지는 파울의 반려견, 발렌티노야.
종종 파울이 학교에 데려오는데 발↑렌↓티↑노↓. ♫
늘 이렇게 휘파람과 함께 불러.
파울은 휴가 때마다 부모님이 살고 계신 함부르크로 가곤
하는데 발렌티노를 두고 독일로 갈 수는 없어서 한두
시간이면 가는 비행기를 타지 않고, 멀고 먼 길을 돌아가는
배를 타고 간대. 멀미도 심하고 힘들긴 하지만 하루 이틀
후에 돌아올 것도 아니고 긴 휴가는 같이 움직이는 것 외에는
방법이 없대. 비용도 훨씬 저렴하고. 발렌티노를 가족으로
받아들이고 그에 따르는 책임을 다하는 모습이 어쩐지 보기
좋더라.

오늘의 토픽 1.
우리가 지난겨울 심리적으로 힘들었던 이유는 우울증이
확실해. 지난 편지에서도 적었지만 우리만 그런 게 아니었어.
단순히 타지 생활이 힘들어서 그런 줄 알았는데 그게

스칸디나비아에서 유행하는 겨울철 우울증인가 봐.
비타민D, 피쉬 오일, 초콜릿, 파티, 술, 뭐든 먹고 놀면서
어둡고 추운 시기를 이겨내야 하는 거지. 파울도 역시
이건 도저히 익숙해지지가 않는다네. 최근에 밀라노 가구
박람회에 참가했다가 돌아왔는데, 가구를 옮기며 세관
때문에 많은 돈을 쓴 얘기보다 재밌었던 건, 이탈리아의 날씨
얘기였어. 진짜, 너무 좋아서 미추어 버리는 줄 알았다네.
섭씨 25도의 따스한 햇살. 그리고 지중해의 바람. ☁

"아, 이탈리아... 진짜... 좋았어. 그게 인생이잖아?"

"왜, 독일은 날씨가 별로야?"

"독일? 하하, 여기랑 거의 비슷해.
그래서 내가 여기 잘 적응한 거야."

파울도 베르겐에 자리 잡은 지 8년이 되었지만 지난겨울
우리와 마찬가지로, 엄청 우울했대. 그래서인지 밀라노에
다녀온 이후로는 함께 사는 스웨덴인 여친을 진지하게 설득
중이라는군. 그녀가 말 통하는 여기를 두고 따뜻한 남쪽으로
떠날지는 미지수지만. 여하튼, 스칸디나비아의 겨울이란
그런 거야.

토픽 2.
여름에 아르바이트를 하려고, 속칭 '썸머잡'을 찾다 보니

많은 것을 알게 되었어. 우리와 비교하면 저소득층과
고소득층의 임금격차가 적은 탄탄한 중산층의 나라.
바로 그 노르웨이에서 일하면 얼마나 벌까?

흥미로운 건 여기에는 최저임금제도가 없다는 거야.
복지국가인데 너무 시장의 자유에 맡기는 거 아닌가?
싶기도 한데 보통은 시급 130~150크로네 정도에서
결정된다네. 외국인 노동자들에게는 일부러 적은 임금을
주는 탐욕스러운 놈들도 더러 있고. 어디나 악당은 있는
법이니까. 계산해 보니 하루 예닐곱 시간 아르바이트만
해도 한 달에 200만 원 이상을 벌 수 있겠더라고. 처음에는
여기는 물가가 비싸니까 그것도 너무 적은 거 아닐까?라고
생각했는데 솔직히 살아 보니 그건 사실이 아닌 것 같아.
여기 살면서 식재료나 공산품 등이 한국보다 비싸다고
생각해 본 적 있어? 오히려 어떤 것은 한국이 더 비싼 것
같던데...? 장바구니 물가는 여기가 더 저렴한 것 같아.
진짜 생각해 볼 문제는 소득세율인데 노르웨이는 이게
최소 22퍼센트. 연금이랑 이런걸 더하면 실제로는 보통은
35~38퍼센트. 고소득자라면 소득의 절반 가까운 부유세를
내야 하고. 그래서 실수령액은 확실히 차이가 있더라고.
그런데, 이 무지막지한 세금의 공포에는 생각해 볼 만한
부분이 있어. 내가 납부한 세금이 실질적인 혜택으로
확실하게 돌아온다는 거지. 한국은 보통 종합소득세율이
6~15퍼센트 수준이던데, 때문에 당장 손에 쥐는 현금은
많겠지만, 대신에 그걸 쪼개서 저축을 해야 하잖아?

저축을 왜 해야 하지?

자식들 키우고, 늙으면 아프고, 인간답게 죽고 싶으니까.

그렇잖아? 근데, 얘네는 저축을 거의 안 하더라고.

그게 너무 신기하더라. 조금씩 모으긴 모으는데 우리처럼

수입의 대부분을 저축하려 하지는 않아. 모을 때는 보통

뚜렷하고 단기적인 목표가 있어. 최신형 맥북을 사고

싶다거나, 휴가 때 해외로 여행을 가고 싶다거나. 네 말대로,

현재를 즐기는 거지. 다락방 친구들과 이런 얘기를 나누다

보니 더 궁금해지더라고. 왜 저축을 하지 않지...?

내가 내린 추측성 결론은...

나의 노르웨이 친구들은 미래에 대한 불안감이 상대적으로

덜하다는 거야. 부모님의 부의 수준과 관계없이 고등 교육을

받을 수 있고, 학생이라면 졸업 후, 40퍼센트만 상환하면

되는 학생 생활비 대출도 나오고, 무상 의료에, 일하면서

연금 내고, 은퇴하면 연금 받으면서 살면 되니까. 게다가

파산하면 최소 생활비도 주는데, 그것도 한국 돈으로

100만 원이 넘어. 네가 말한 것처럼 현실을 즐길 수 있는

거지. 조금 실패해도 괜찮으니까.

세금 많이 안 내셔도 돼요.

당신이 능력 있다면 더 많이 버셔야죠.

대신 노후는 알아서 잘 준비하세요.

자식 교육 걱정되시면 저축도 잘하시고요.

이 시스템과,

세금 좀 많이 내요.
진짜 철저하게 걷을 거예요!
아, 대신에 인간답게 살다가 죽게 해 줄게요.
자식들도 걱정하지 마요. 우리가 잘 교육해 줄테니.
이 시스템.

뭐가 좋은 걸까?

생각해 보니 아쉽게도 우리나라는 당분간 복지국가는 안 될
거 같아. 이 모든 게 사실, 사회구성원 간에 최소한의 신뢰가
바탕이 될 때 가능하더라고. 노르웨이, 또는 북유럽에서 온
사람들과 얘기하다 보면 공통적으로 느껴지는 게 정부나
의회, 언론을 어느 정도는 신뢰한다는 거야. 우리는 주로
불신하잖아? 구성원들 간에 신뢰가 쌓이는 것은 꽤나 어렵고
시간이 걸리지. 신뢰는 그만큼 중요한 사회적 자본이래.
저 사람이 나를 속일 리는 없으니 나도 속이려 들지는
않겠다. 남을 속이고 이득을 취하면 종래에는 처벌받는다.
그건 부끄러운 일이다. 이런 가치에 대한 암묵적 약속과
동의. 이게 진짜 노르웨이의 핵심인 것 같아.

정직한 어부들에게서 비롯된 신뢰.
그게 이 모든 것을 가능하게 해 주는 근간이 아닐까
싶더라고. 슬프지만 우리는 아직 그런 가치에 무게를 두지
않잖아? 누구 좀 속이면 어때? 수단, 방법 가리지 않고
무조건 열심히 부를 축적하고, 그게 명예가 되고. 그게 곧

능력이지.

놀랍겠지만 그래도 난 한국을 응원해.

굳이 이해해 주자면 아직 우리에게는 이만큼의 시간이
없었잖아? 독재를 벗어난 지도, 국가의 리더를 우리 손으로
뽑은 지도, 실은 그리 오래되지 않았고.

사실 난 한국을 엄청 싫어하는 줄 알았는데, 최근 그게
오판이었다는 것을 조금씩 깨닫고 있어. 잘됐으면 하는
마음이, 마음처럼 빠르게 발전하지 못하는 데서 오는
아쉬움이, 미움도 만든 거지. 나는 어떤 것을 정말 싫어하면
아예 무관심해지는 사람이더라고. 관심 자체를 두지 않는
거지. 그런데, 최근에 난 한국에 관심이 많아지고 있어.

그래도 매일,
"아... 지금 내가 진짜 좋은 데서 살고 있네..."
이런 생각은 들어.

지중해의 따스한 햇살과 바다는 없어도.
심심하면 심심한 대로 사는 거지.
북쪽에서 산다는 게 그런 거 아니겠어?

하지만 다가오는 여름이 지나면, 또다시
힘든 겨울이 찾아오겠지?

-여름이 다가오는 베르겐에서-

오빠, 드디어 5월이 왔네요.
금요일이 노동절이었던 바람에 3일 연속으로 푸———욱
쉬었습니다.

아, 날씨가 좋아도 너무 좋아 버리는 바람에 우울했던 기분이
들뜨고 있어. 이거 조증인가?
게다가 1년짜리 오슬로 공공 자전거 이용권도 결제해서
기동성까지 장착. 이제 자전거 타고 어디든 갈 수 있어!
얼마 전엔 슝——— 하고 내리막을 달려서 바다 좀 보고
왔지. 뭐, 기껏해야 시내에서 보이는 오슬로 피오르가
다였지만 말이지. 그래도 자전거로 훌쩍 갈 수 있는 거리에
산과 바다가 있다는 건 언제나 설레는 일이야. 그런 면에서
오슬로는 좋은 도시인 것 같네. 봄 햇살에 들뜬 사람들과
관광객들이 한 무더기였지만 나도 그 들뜬 사람들 가운데
하나고. 요즘, 괜히 기분이 좋더라.

동유럽에서 온 사람들로 추정되는 두세 명의 아저씨가
물가에서 낚시를 하고 있었는데, 잠깐 사이에 사람
머리만 한 큰 물고기를 두 마리나 건져 올려서 너무너무
놀랐어. 나도 여름에 낚시 배워야 하나?

앉아 있는 동안 햇살을 받아 반짝이는 바다와 넘실거리는
파도 위의 풍경들을 보면서 든 생각. ☁ ☀
내가 이렇게 아름다운 곳에서 살고 있다니. 행복하구나!
근데, 이거... 조증은 아니겠지...?

또 한 가지.

우리가 겨울에 지독히도 우울했던 건, 오빠 말대로 겨울
우울증이 맞았던 것 같아. 우리야 겨울은 겨울이지, 뭐.
하고 대수롭지 않게 생각했지만 그 어두운 겨울 때문에
내가 지금 여기서 뭘 하고 있는 거지...?에서부터 시작해서
내가 하고 있는 일, 처한 모든 상황이 의심스럽고 그로
인해 너무 우울하고 힘들었는데, 이렇게 여름이 다가오고
있는 것만으로 감정이 바뀌니, 참... 여기 겨울은 좀
무시무시하다는 생각이 든다. 여름이 오지도 않았는데 벌써
뒤에 따라올 겨울이 두려워져.

아, 오빠네 학교는 30퍼센트가 최종 논문 심사에서
탈락한다는 소식을 들었는데 좀 충격적이었어.
내 친구들한테도 물어보니, 우리 전공도 한 해에 한두 명씩은
꼭 탈락한다고 해. 물론 순수 예술 분야라 디자인 계열
정도로 엄격한 기준이 있는 건 아니라지만.
휴... 이왕 시작한 거, 학위는 꼭 받아 내자.
그게 중요한 건 아니지만, 그래도.

그리고 오빠가 앞선 편지에서 한 이야기들, 너무 많이
공감되더라. 맞아. 어디서든 우리답게 괜찮은 이야기를
만들어 갈 궁리를 해 보자. 사실 지금은 다 잘될 것 같아.
그냥 날씨가 너무 좋아서 들떴다.
아하하하하하.

-봄을 넘어, 여름이 다가오는 맑고 맑은 오슬로에서-

나리야, 아―――, 요 며칠 정신이 없네.
학기말에 몇 가지 일이 겹치니 약간의 두통이 온다.
일은 정해진 시간에만 하고 쉴 땐 확실히 쉬는, 이곳의
문화에 적응이 되었는지 갑자기 할 일이 많아지니까 머리가
띵――― 하네. 나의 뇌 용량이 고작 이 정도였나 싶어.

아, 그리고 충실하게 나의 두 다리가 되어 주었던 자전거는
갑작스럽게 나를 떠났어. 얼마 전 학교 주차장에서 내
자전거의 옛 주인을 만나게 되었는데, 알고 보니 스웨덴에서
온 시각예술 전공 학생이더라. 자전거 자물쇠를 풀고 있는
나에게 다가와 말을 걸었는데, 지난 1년간 교환학생을
떠나면서 둘 곳이 없어진 자전거를 학교 뒤편에 묶어 두고 가
버린 거지. 이웃나라긴 해도 그도 나처럼 유학생이라 이곳에
자신의 짐을 두고 떠날 '집'이 없었던 거야. 학교 관리인들은
장기간 같은 자리에 방치된 고장 나고 녹슨 자전거를 주인이
없는 고물로 인식하고 버리기로 한 것이고, 그 과정에서 내가
고철 컨테이너 속 자전거를 발견한 거지. 그 사람은 당연히
없어진 줄 알았는데, 여기서 다시 자기 자전거를 보고 너무
놀랐다고, 그리고 정말 미안하지만... 돌려줄 수 있겠냐고
하는 거야. 뭔가 시트콤 같은 상황이긴 하지?
그런데 뭐, 어쩌겠어.
그래, 원래 네 물건이었으니 돌려주겠다고 말했지.

이야기를 들은 다락방 스튜디오 식구들은 노발대발!
절대 그냥 돌려줘서는 안 된다!

수리도 했는데! 그 사람이 진짜 주인인지 어떻게 확신하냐!
등등 의견이 갈렸는데 결국 또, 쿨병이 도져서 그냥 돌려줘
버렸어. 이상한 사람 같진 않더라고.
어차피 나에게도 이곳에 있는 시간만큼만 함께할
물건이었으니까.

막상 돌려주니까 그 스웨덴 학생이 너무 미안하고 고맙다며
나에게 수리비 포함해서 돈을 조금 주겠다고 했는데 그것도
이상한 것 같아서 거절했어. 아———, 너무 쿨한 한국인이네.
그냥 그동안 잘 타고 다니며 교통비도 아꼈으니 그걸로
괜찮다고 해 버렸어.

그런데! 며칠 후에 그 사람이 우리 다락방 스튜디오를 찾아온
거야. 갑자기 낯선 사람이 들이닥쳐서 모두들 깜짝 놀랐는데,
한 손에 토스카나 와인 한 팩이 들려 있더라고. 너무
미안해서 샀다고, 이거라도 꼭 받아 달라고 하더라.
술 좋아하는 나야 너무 고맙다고 했지.
이 정도면 훈훈한 결말 아니야?
어쩐지 좀 덜렁거리긴 해도 착한 사람 같았어.

오슬로는 공공 자전거가 있어서 좋겠다.
베르겐도 곧 생긴다는 것 같긴 하던데, 아직이야.

갑자기 뚜벅이가 된 나를 위해 다락방 스튜디오 식구들이
노르웨이의 중고나라 격인 'finn.no'에서 검색 능력을 가동해

주었는데 600크로네밖에 안 하는 자전거를 발견했지 뭐야.
대——박.
오늘 모니카가 연락하는 것까지 도와줘서 판매자를
만났는데 마침 우리 다락방 스튜디오 근처에 사시는
분이더라고. 여기까지 와서 중고거래라니.
그런데 와우, 이건 진짜 완벽한 녀석이야! 내장 기어에
앞바퀴에만 브레이크가 있는 하프 픽시 타입이라 녹이
슬 염려도 적고, 정말이지 너무 마음에 들어. 최소 1년은
탈 생각을 하면 그 돈이 전혀 아까운 것도 아니고. 오히려
한국으로 가져가고 싶을 정도. 중년의 판매자 아저씨가
실전 노르웨이어로 이것저것 설명해 주셨는데 100퍼센트
완벽하게 작동한다는 부분만 알아들었어. 잘 이해한 척하고
"감사합니다!" 연발 후 집으로 가져왔지.

사는 게 참 재밌지 않아?
모든 것은 오고, 가고, 또 온다.

나도 어떻게 살다 보니 이곳까지 흘러오게 되었는데
언제고 떠나게 될 날도 올까?

너와 함께할 오슬로에서의 여름이 지나면
어느새 이 녀석을 타고 베르겐을 누비고 있겠지?
새 자전거와 보낼 날들이 벌써 기다려지네.

-새로운 자전거와 베르겐에서-

오빠, 알지? 오늘이 노르웨이 최대의 명절인 거.
헌법기념일! 하지만 나에게는 그냥 한가한 일요일 오후.

헌법기념일이라니. 제헌절 같은 건가?
좀 웃기지만, 노르웨이에선 오늘이 크리스마스, 부활절
다음으로 가장 큰 명절이라고 하더라고. 앞선 두 연휴는
기독교와 관련된 유럽 전역의 휴일이지만 헌법기념일만큼은
노르웨이만의 특별한 날!

사람들이 각자 출신 지역을 드러내는 전통의상, '부나'를
입고 나와서 국기를 흔들면서 행진을 하고, 부나가 없으면
정장을 입는다거나, 나름대로 한껏 꾸미고 나와서 축제를
즐기는 게 이곳 문화래. 그러고는 낮부터 맥주를 마시는
거지. 왕궁에서는 왕실 패밀리가 나와서 손도 흔들어 주고.

여기 와서 처음 맞는 행사기도 하니까 리바가 나름 생각해서
같이 퍼레이드 구경도 하고, 또 끝나고 놀자고 제안을
했는데, 마음은 고마웠지만 한국에서도 붐비는 데 가는 거,
워낙 질색인 나라서... 아, 그래도 경험이라고 생각하고
나가서 영혼 없는 환호를 해 줘야 하는 건가? 싶었는데.
마침, 오늘 비 예보도 있었고, 약속한 날짜가 다가오니 한두
명씩 빠지기 시작했어. 그리고 결국은 파투 나는 분위기!
아침에 보니 주최자 빼고 모두가 그냥 집에 있고 싶다고
연락이 왔음. 리바는 어찌 되었을까? 괜히 미안해지네.

축제 구경은 뒹굴뒹굴 침대에 누워서
노르웨이 국영 방송 틀어 놓고 나름대로 잘한 것 같아.
역시, 공휴일엔 집이 최고야.

오빠도 여름에 오슬로에 오면 공공자전거를 결제하자.
1년 이용권이 고작 120크로네밖에 안 해!
1년에 2만 원도 안 하는 셈이니 공짜나 다름없다고!
트램 한 번 타는 데 5천 원이 넘는 동네에서 이 정도면
엄청난 복지다, 진짜. 서울도 이런 거 하면 안 되나...?
오슬로 외곽의 호수에도 놀러 가고, 근교 피오르에도 가고,
아, 생각만 해도 신난다!

갑자기 '어린 왕자'의 한 구절이 생각나네.

"네가 4시에 온다면 난 3시부터 행복해지기 시작할 거야."

-TV로 즐기는 헌법기념일, 오슬로에서-

나리야.
학기말 연구 보고서가 드디어 마무리 국면이야!
이번 학기도 무사히... 제발.
확실히 내가 관광이 아닌 공부를 하고 있긴 한가 봐.
이제 서서히 백야도 시작되고 있어. 해가 좀처럼 내려오질
않더라. 요즘은 자정은 되어야 깜깜해지는 것 같아.
날씨가 왜 이렇게 극단적인지.
극야와 백야, 폭풍과 맑음.
행복과 불행의 중간 어딘가에서
적당히 살 수는 없는 걸까.

날씨가 도와주니 베르겐은 정말 천국이야.
창밖에 온통 초록과 파랑이야. 내 평생에 이런 곳에서 살고
싶었는데 그게 현실이라니... 뭐, 즐겨야지. ♫

여름이 되니까, 갑자기 모든 게 긍정적으로 보이기 시작하는
것 같아. 우린 한국의 어떤 면을 지독히 싫어했고, 도망치듯
여기로 왔는데. 관광이 아닌 리얼한 삶의 세계에선 지독한
겨울과 낯선 환경이 기다리고 있었지. 숲을 보기 위해서는
숲 밖으로 나와야 함을 깨닫고, 한번도 해 본 적 없는... 내가
한국인이었구나...라는 생각도 하게 되었어. 그러는 사이,
지독한 겨울이 가고 봄이 오고.
이제 다시 여름이 다가오고 있네.
우리도 그사이 이곳이 더 익숙해졌고,
미지의 영역으로 남아 있던 많은 부분이 분명해졌지.

해가 뜨고, 다시 파란 하늘이 보이고.

우리가 한국에서 도망치고 싶다면 지금이 천재일우의
기회가 아닐까? 만약에 우리가 다시 한국으로 돌아간다면
분명, 이 기회를 놓친 것을 후회할 날도 오겠지...?
하지만 반대로 언젠가, 그때 왜, 고향으로 돌아가지
않았을까? 이방인으로 늙어 가며 후회할 수도 있을 것 같아.
후회 없는 인생 따위는 정말 없는 건가 봐.
금붕어급 기억력을 갖추지 않는 이상
우리의 과거는 후회로 얼룩진다.

내년 이맘때 우리는 어떻게 되어 있을까?
일단 우리의 2년에 대한 최소한의 보상으로 학위는 꼭
받아 내자. 열심히 할래. 하지만, 진짜 우리에게 소중하게
남겨지는 게 학위는 아니겠지? 그건 아마도 사람들 아닐까?
우리가 이 시기에, 이곳에 있었다는 걸, 그리고 좋은 시간을
함께 보냈다는 걸 기억해 줄 수 있는 사람들.

아! 기분 좋은 소식이 있어!
사마라는 결국 마음을 돌려 베르겐을 떠나지 않기로 했어.
마스터 코디네이터로서 우리를 돌봐 주고 있는 교직원이
결국 그녀의 마음을 돌린 거지. 얼마나 힘들게 얻은
기회인데, 지금 이 시간 속에서 넌 잃을 게 없다며, 진심으로
위로해 주고 또 조언해 주었나 봐.
그는 정말 친절하고 좋은 사람이야.

역시 어디나 좋은 사람들이 있지.

사마라는 테헤란으로 가서 가족들과 여름을 보낸다는데
비행기를 두 번이나 갈아타야 한다네.
그래도 이란의 내리쬐는 태양이 그립대. ☁ ☀

9월에 건강하게 다시 만나자고 인사했어.

이제 나도 며칠 후면
오슬로로 향하는 기차를 타고 있겠지?

노르웨이에서의 여름이 기다려진다.

-초록과 파랑의 베르겐에서-

오빠, 오랜만의 편지입니다!
학교는 드디어 장기간의 여름방학 준비를 끝내고 휴식에
들어갔어. 나는 한정된 인원에게만 허락된 조그만 썸머
스튜디오를 받았고, 그리고 오빠를 기다리고 있지.
베르겐에서 오슬로로 오는 기차.
풍경이 아름답기로 유명한 거, 알지?

#문득 침대에 누워서 드는 생각 하나.
난 나름대로 꼽는 한국인들의 특징이 있는데.
바로, 끊임없는 남과의 비교!
비교를 통해 나를 정의한다!
난 이게 끊임없는 자아성찰, 자기비판의 씨앗이 되기도
하니까, 긍정적인 부분도 있다고 생각했는데, 요즘은 생각이
조금씩 바뀌고 있습니다요.

끊임없이 타인과 비교하는 습관은 결국, 나보다 위, 나보다
아래를 확인하려는 뿌리 깊은 평등 의식 부재에서 생겨나는
것인가 싶기도 하더라고. 결국엔 사회에서 자신의 위치,
좀 나쁘게는 계급이란 걸 정의하기 위한 습관인 것 같다는
게 요즘 생각이야. 어느 사회나 보이지 않는 계층이
존재하기 마련이니 비교를 안 할 수는 없는데. 문제는 그게
비교를 넘어 극단적으로 가는 경우도 있는 거지. 자기보다
하위 계층에 있다고 생각되면 대놓고 무시하고 깔보고,
갑질한다든지.

그런데, 자기가 누군가를 무시할 수 있는 존재라고
생각한다는 게, 결국 자신보다 위의 누군가는 나를 얼마든지
무시해도 좋다는 걸 인정하는 셈이잖아?
답답하지만 그래도 우리가 중년 세대가 되면 조금은 나아질
거라 믿는다. 제발.

#그래도 한국이 그리워.
이곳에 남지 않기로 한다면
그 결정을 후회하는 날이 오겠지?
그렇다면 반대의 경우엔 후회하지 않을 자신은 있는 걸까?
후... 답도 없는 고민이라면 그냥 마음 흘러가는 대로,
그때그때 그 순간 옳다고 믿는 방향으로 결정할래.
바람 따라 구름 따라.

이것저것 재고, 너무 계산적인 사람이었다면
애초에 이곳에 오기도 어렵지 않았겠어?
확실한 건 이 시간들을 통해, 난 좀 더 괜찮은 사람이 되어
가고 있는 것 같아. 뭐, 자평하자면 말이지.

2013년, 한국에 있던 나보다는
2015년, 지금의 내가 조금 더 괜찮은 사람이라 믿어.

답도 없는 고민을 하던 사이
어느덧 계절이 한바퀴를 돌아,
우리가 이곳에 온 지도 곧 1년이야.

어둡고 우울한 겨울을 지나, 다시 우리가 도착했던
지지 않는 태양의 계절이 와 버렸네.
그때처럼 거리의 사람들은 행복해 보여.

우리도 지난겨울보다 행복할 수 있을까?
그건 아무도 모르지.
그래서 결론은?

우리도 좀 웃자. 길가의 사람들처럼.
그리고 좀 즐기자.
다시없을 여름이 오고 있잖아?

-창 너머로 웃음소리가 들리는 오슬로의 환한 방에서-

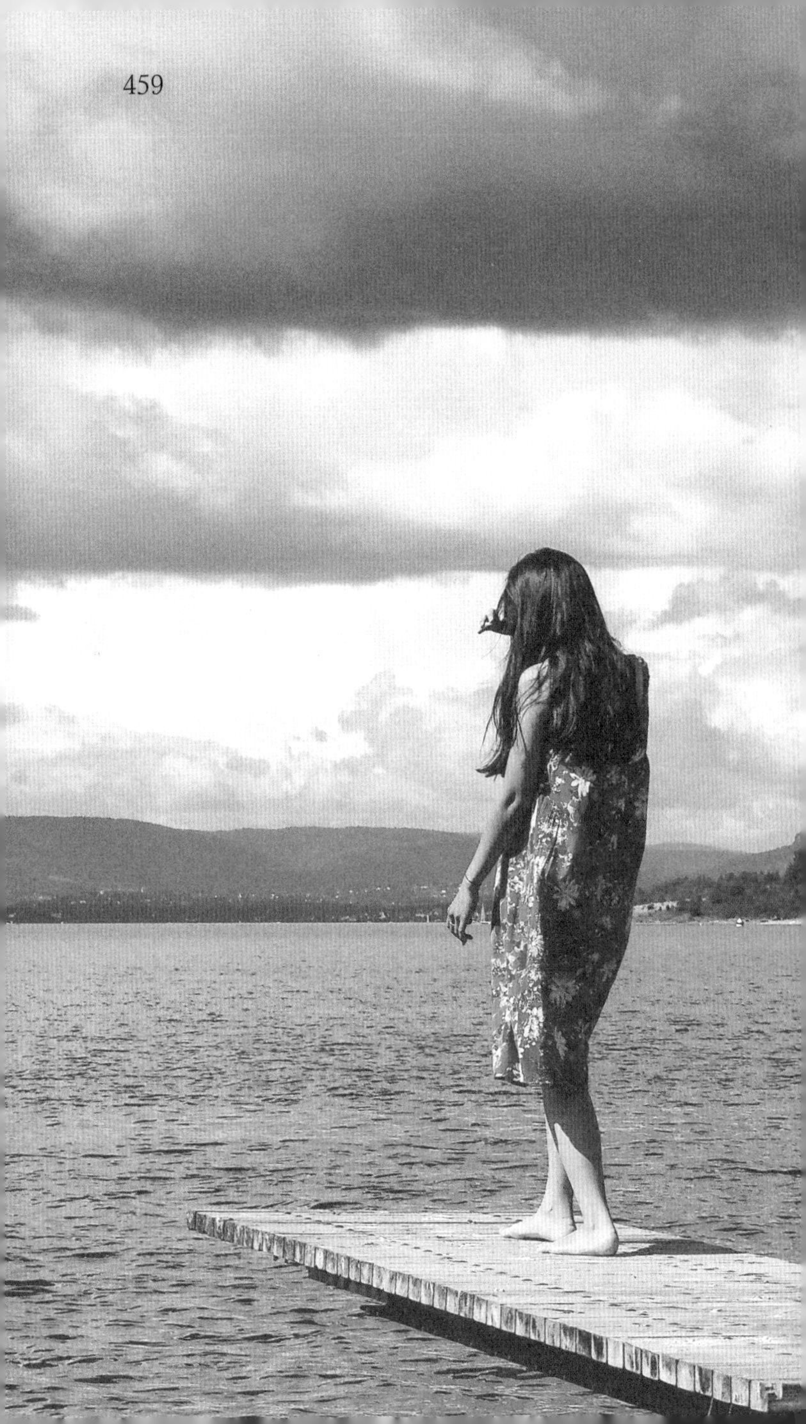

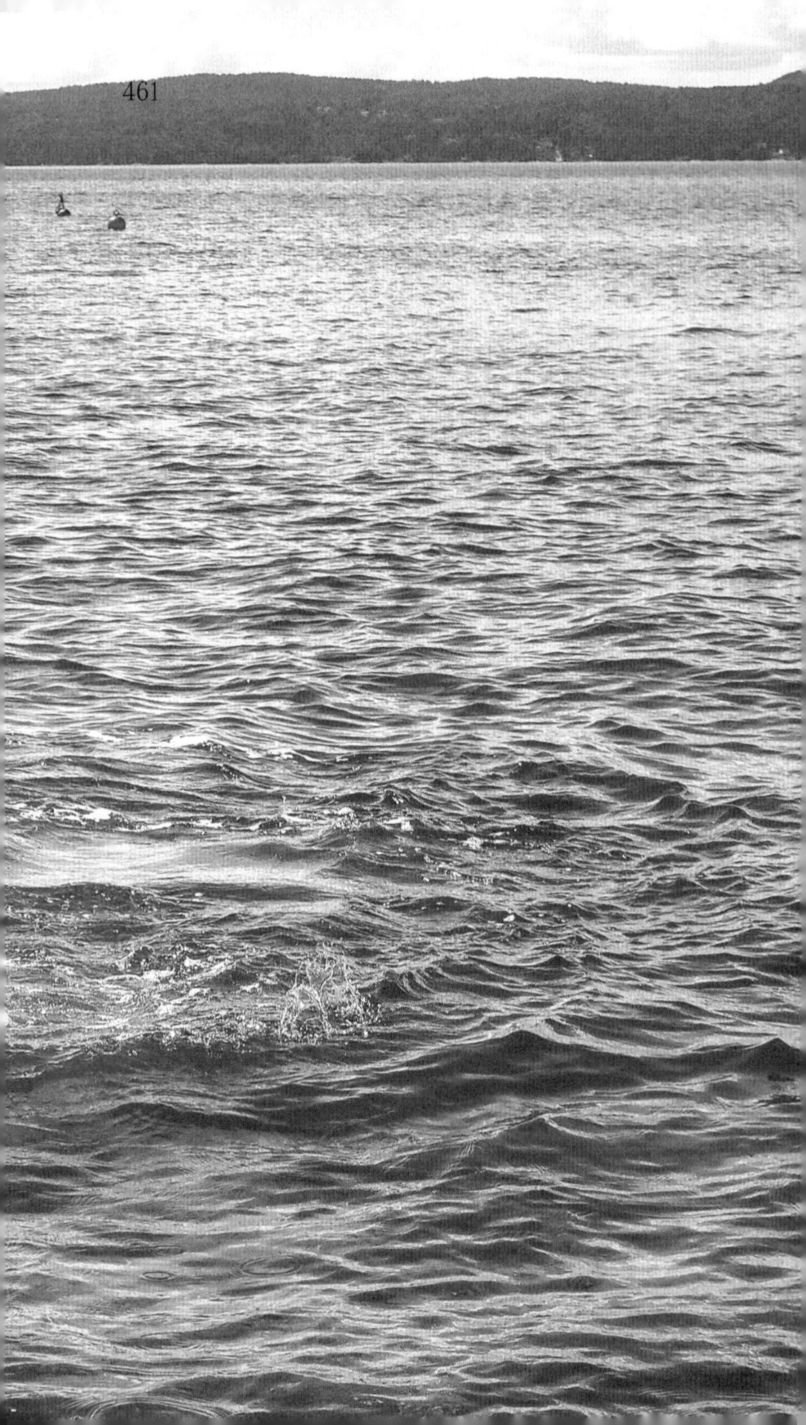

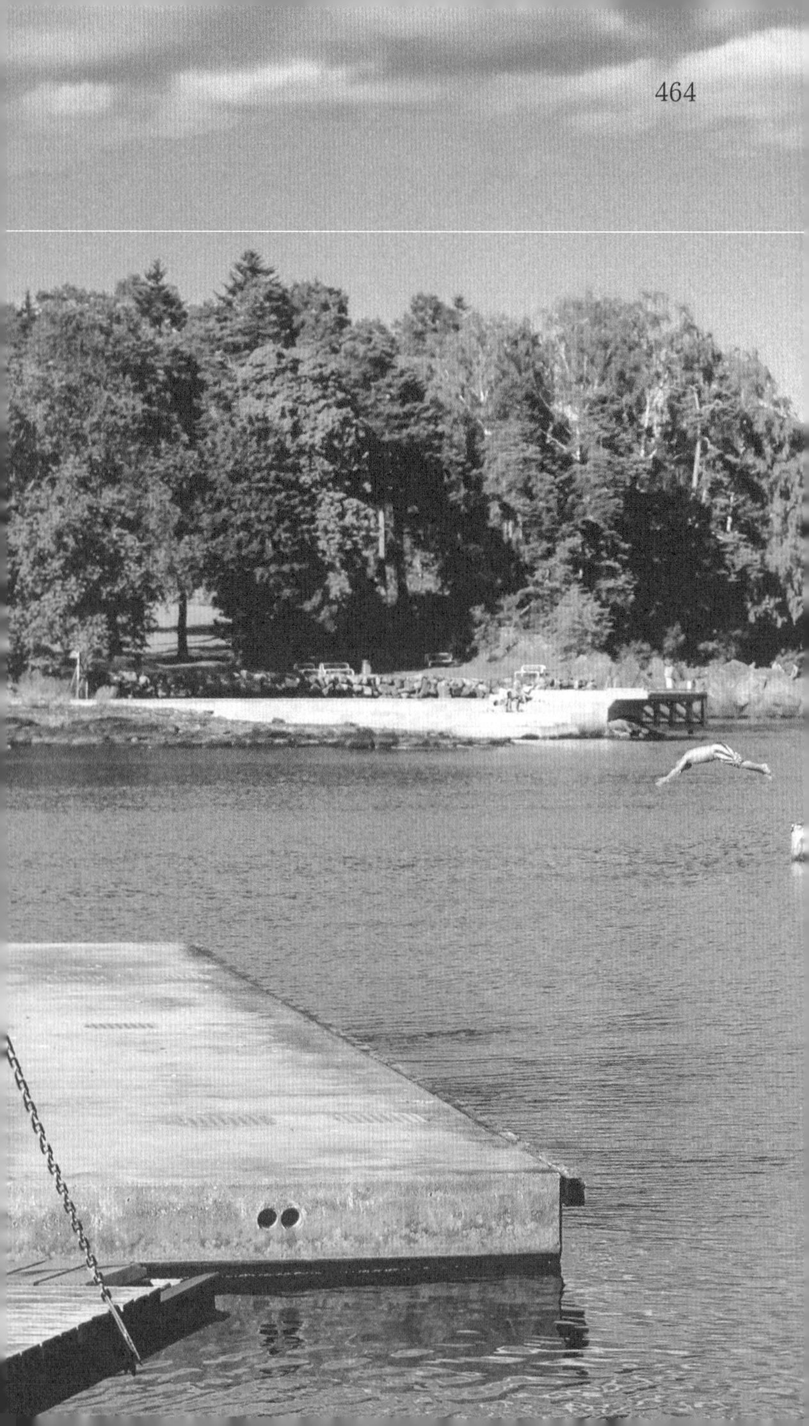

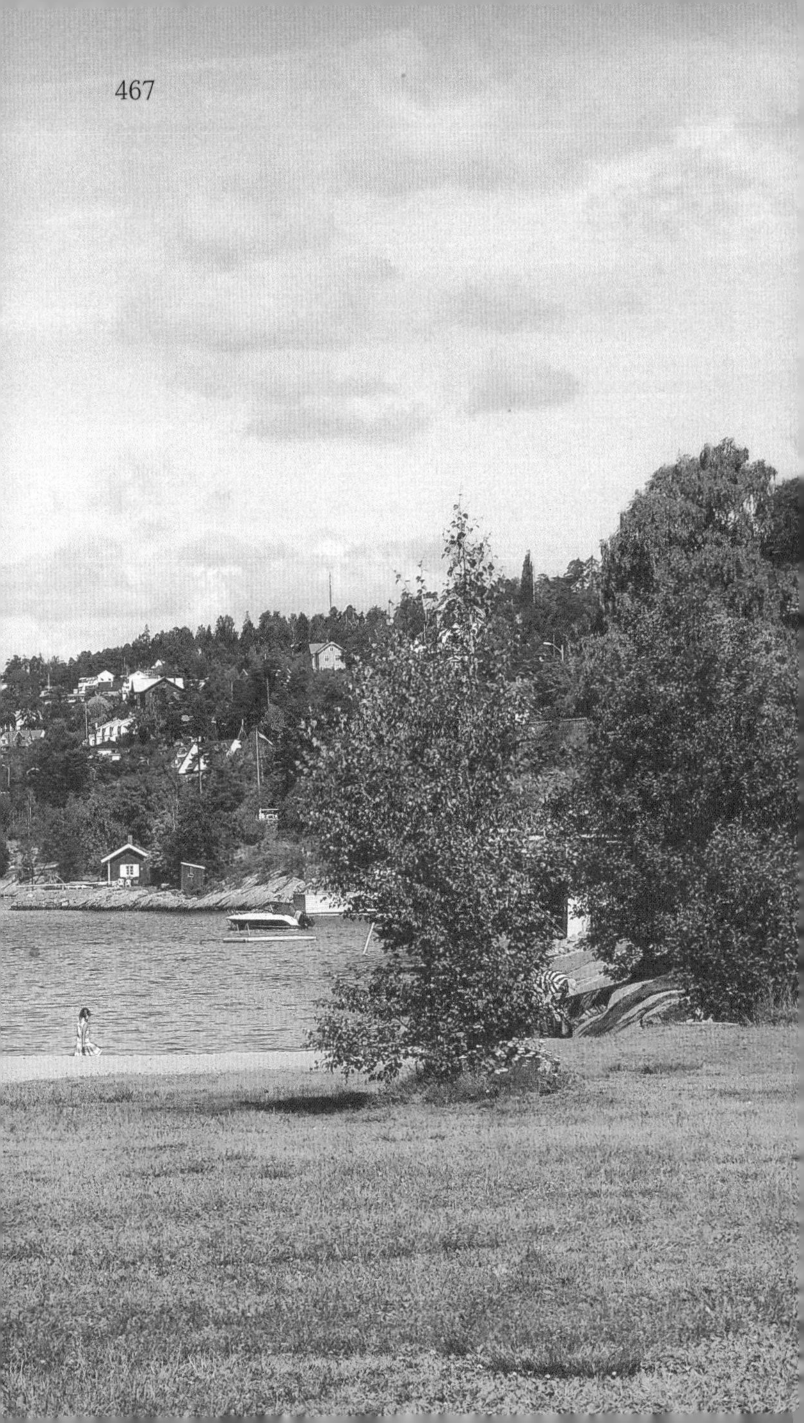

독자 여러분, 안녕하세요.
보잘것없는 이야기지만 이렇게 읽어 주셔서 감사합니다.
정말로 감사드려요.

돌이켜 보면
2014년 여름.
저희는 문득, 노르웨이로 떠났고
그리고 문득, 다시 한국으로 돌아가기로 결정했습니다.
노르웨이로 도망치다시피 하면서 시도했던, 유학을 빙자한
이주의 결과는 실패라고 볼 수도 있겠네요.
하지만 저희는 다시 서울에서 잘 살아가고 있습니다.
분명히, 2014년의 저희보다는 조금 더 나은 사람으로.
그리고 조금 다른 사람으로 말이죠.

그 후 노르웨이는 저희의 두 번째 고향이 되었습니다.
저희가 그곳에서 좋은 시간을 보냈다는 것을 기억해 주는
소중한 친구들도 생겼습니다. 인생은 길고 언제고 다시
노르웨이에서 살고 싶어지는, 그런 때가 올지도 모르겠네요.
아직은 가끔씩 노르웨이로 떠나 친구들과 시간을 보낼 수
있는 것으로 만족합니다. 코로나로부터 자유로운 일상을
되찾는다면 더할 나위 없이 좋겠네요.

박사 과정에 있는 친구에게 이 편지들을 책으로 엮을까
한다고 이야기했더니 좋은 생각이라고 하더군요. 한국인이
이곳까지 찾아오는 경우는 그 이후로 없었다고요.

한국에서 노르웨이는 여전히 낯선 곳입니다.
그래서인지 노르웨이와 작게라도 관련이 있는 분들을
만나게 되면 그것만으로도 너무 반갑습니다.
그만큼 멀고도 먼 곳이니까요.

하지만 현실의 노르웨이가 살기 좋은 곳이라는, 또
상대적으로 건강한 사회라는 생각에는 변함이 없습니다.
저희가 공부했던 학교들은 여전히 '교육의 기회는
누구에게나 공평해야 한다.'라는 무상 교육의 원칙을
고수하고 있습니다. 설령 그게 외국인일지라도 말이죠.

그런 가치에 여전히 사회 구성원 다수가 동의한다는 점도
놀랍습니다. 먼발치에서라도 다시 한번 친구들의 고향에
응원을 보내게 되네요. 2014년, 저희가 했었던 선택은 역시나
틀리지 않았다고 생각합니다.

이 책을 읽고 노르웨이로 도망치고 싶으신 분들이 계실지
모르겠네요. 꼭 그렇지 않더라도 저희의 실패담, 또는
경험담이 작은 울림이었기를 바라 봅니다.

다시 한번 따뜻한 감사의 마음을 전합니다.

-2022년 5월, 서울에서-

노르웨이로 도망쳐 버렸다

Ran Away to Norway

윤나리, 조성형 지음

Ⓒ Nari Yun, Sunghyung Cho 2022

Ⓟ HB PRESS 2022

1판 1쇄 2022년 7월 5일

편집	조용범, 눈씨, 김정옥
디자인	조성형
마케팅	황은진

에이치비*프레스 (도서출판 어떤책)

hbpress.kr

주소	서울시 서대문구 성산로 253-4 402호
전화	02-333-1395
팩스	02-6442-1395
이메일	hbpress.editor@gmail.com

ISBN 979-11-90314-16-9

HB1018